〈極上自衛官シリーズ〉

航空自衛官と交際0日婚したら、過保護に溺愛されてます!?

★

JN012148

ルネッタ🄻ブックス

CONTENTS

Lunetta

プロローグ

「どうか、俺に恋をして」

精悍《せいかん》な眼差《まなざ》しで、彼は私に告げる。

硬く、男性らしい筋張った指先が何度も私の頭を撫《な》でた。

「愛してる」

低いその声に、知らずお腹の奥がわななく。胸に感じる感情の名前は、まだ分からないけれど――

佳織《かおり》さん、と彼が私を呼ぶ。

愛おしそうに、狂おしい声で。

……どうして？

私はいつも不思議に思う。

男性らしい身体に端整な顔立ちで、女性に困ったことのなさそうなこの人が……有永翔一《ありながしょういち》さんが、どうして私を見つけたのか。なんで俺には君だけだと囁《ささや》いて私に愛を希《こいねが》うのか。

彼の唇が私の首筋を這《は》う。時折肌を柔く噛《か》んだ。食べてしまいたいのを我慢している、そんな雰《ふん》囲気《いき》を感じる。

「佳織さん」

ちゅっと唇が重ねられる。

「俺を見てくれ。俺だけを――幸せにする。後悔なんかさせないから」

必死なのが伝わってくる。愛してるという言葉が、今日だけでもう何回彼の舌に乗ったのか分からない。

有永さんの指先が身体をまさぐる。すっかり彼に絆《ほだ》された身体は、簡単に解けていった。蕩《とろ》けた身体のナカに、彼はゆっくりと挿入《はい》ってくる。

彼に身体を拓《ひら》かれて、どれくらいになるだろう。まだひと月と経ってはいない。

「ああ、まだ……慣れないな」

はあ、と彼が低く息を吐《は》く。大きな彼のものを受け入れるには、まだちょっと時間がかかる。

「ゆっくりするから」

無愛想で強面《こわもて》な顔とは裏腹、優しい声で彼は言う。安心させようとしてくれているのが、とても嬉《うれ》しい。

「ん……」

小さく頷《うなず》くと、有永さんが微《かす》かに頬を緩めた。ゆっくりと彼は私を揺さぶる。結合部から聞こえる、ぬちゅぬちゅと濡《ぬ》れた音が気恥ずかしい。

ふと彼が繋がったところの少し上、きっとぷくりと主張しているだろう肉芽をきゅっと摘《つま》んだ。

「ぁあっ」

思わず足が跳ねる。有永さんは真剣な目のまま、くちくちとそこを指で弄《いじ》り、浅く腰を動かし続けた。

「っ、待って、有永さ……っ」

「イきそう？」

こくこくと頷く。有永さんはふっと息を吐く。

「良かった」

「っ、いやっ、私だけっ、恥ずかし……っ」

いやいやと首を振る。快楽の波が寄せては返す。絶頂の予感でナカがうねるのが分かった。

「ふ……っ、半分しか入ってないのに気持ちいい」

有永さんが低く掠《かす》れた声で言った。

「君はすごいな」

「んっ、何がすごい、の……っ」

「存在」

そう言い切って、彼は腰の動きをわずかに速め、肉芽をぎゅっと押しつぶす。

「ぁ、あ――……っ」

快楽に襲われ、半泣きになりながら彼にしがみつく。その動きで、彼の屹立がぐぐっと奥に入り込んでいった。それがごちゅっと最奥を突く。

「あんっ」

身体をくねらせ嬌声を上げた私を抱きしめ返してくれながら、有永さんが喉のあたりで低く笑う。

「自分から欲しがってくれるとはな」

「っ、ちが、ぁ……っ」

言い訳したいのに、自分のナカがピクピクと震えてうまく言葉が作れない。どっと全身の肌に汗が滲《にじ》む。浅く呼吸を繰り返しながら、私は自分からあさましく脚を開き、淫《みだ》らに腰が動くのを止められない。

「あっ、あんっ」

「欲しそうな顔をして……」

嬉しそうに有永さんが言う。

そうして私の膝が胸につくほどぐうっと持ち上げ、私の頭の横に左手をついた。右手は私の左足首を掴《つか》み、支えていた。そのせいで腰が上がって、目の前に結合部が見える。下生えは私から零《こぼ》れた水でてらてらと濡れ光っている。

「見えるか？　君が俺のを全部呑み込んでいるところ」

「あ……」

「気持ちいいよな？」

彼が腰を引く。ずぬ、と自分から彼の太い熱が出てくるのが見えた。赤黒いそれが、ぬらぬらと濡れそぼっている。

「やぁっ……」

「は、すごく吸いついて……うねって。出て行かないでくれって言ってる」

有永さんが眉間を寄せて掠れた声で言う。彼も気持ちいいのだと思うと、知らず胸がキュンとした。つい微笑《ほほえ》むと、ごりっと一気に最奥まで貫かれた。

「ぁ、ぁああっ」

「悪い、余裕がありそうだったから」

ずちゅずちゅと抽送を始めながら彼は言う。肉襞を、彼の肉ばった先端が引っかいて動く。自分のナカがうねうねと乱れる。

「は、佳織さんが気持ちいいみたいで嬉しい」

「あ、ぁあっ、あんっ、はぁっ、有永、さぁんっ」

気がつけば、頭の横に両手が置かれ、真上から突き落とすように抽送されていた。子宮口に彼の屹立が暴力的に当たる。激しいその動きは、信じられないほどの快楽を連れてきて——私は彼に一層強くしがみつく。

「気持ち、いっ、気持ちいいっ、死んじゃうっ」

涎《よだれ》を口の端から垂らして善《よ》がる私の顔に、有永さんはたくさんのキスを降らせる。唇にも、額にも、頬にも、目の端にも。

「可愛い、可愛い、佳織さん。可愛い」

絶対に可愛くない。ひどい顔をしているはずだ——なのに、有永さんは「可愛い」を止めない。

うっとりした声音が、身体中を満たしていく。

「なんて可愛いんだ、佳織さん。産まれてくれてありがとう」

「ふ、ぁっ、大袈裟《おおげさ》……ですっ」

「全く大袈裟じゃない。本心だ」

有永さんはそう言って、私を押しつぶすみたいに抱きしめる。

「愛してる」

耳元に、掠れた彼の低い声。

やがて彼の息が荒くなり、最奥を抉《えぐ》る屹立がぐぐっと硬さを増す。

「有永さんも、イ、く？」

「ん……」

荒々しく唇を貪《むさぼ》られた。口で、舌で快楽を共有しながら、身体の奥が激しい動きで無理やりに絶頂に導かれる。

「んー……っ、んんっ」

嬌声が彼のキスでくぐもる。

やがて彼は私のナカ、薄い皮膜越しに欲を吐《は》き出す。全てを吐き出すようにぐぅっと腰を浅く何度も私に押しつけながら、彼は言う。

「愛してる、佳織さん」

だから、と彼は続ける。

狂おしい声で。

愛おしさを隠しもせずに。

私からの愛を希い、彼は言う。

「どうか、俺に恋をして」

1

仙台《せんだい》駅の待ち合わせスポットといえば、駅中二階にある大きくてカラフルなステンドグラスだろう。

「このステンドグラス、でかいなあ！　何メートルあんの」

「伊達政宗《だてまさむね》、眼帯どないしてん」

「この丸い模様はなん？」

関西から旅行に来たと思《おぼ》しきカップルがガヤガヤと前を通り過ぎていく。私はこっそりと心の中で返事をした。

このステンドグラスは縦約七メートル、横約四メートルです。伊達政宗公は仙台城址の政宗公騎馬像なのです。死後の絵画などは両目を描くようにとのご遺言がゆえに、眼帯は描かれておりません。その丸い模様は仙台七夕の七夕飾りです。七夕には丸いくす玉と吹流《ふきなが》し、折り鶴などの豪華絢爛《けんらん》な笹飾りが街中を華やかに彩ります。また仙台において七夕は八月七日となっております。

……生まれも育ちも仙台市である私だけれど、ステンドグラスの大きさまで知っているのにはわけがある。勤め先のブックカフェが観光本に載ったからだ。

それ以来、たまに観光客が訪れて、ついでのように色々聞かれる。答えられないのも格好がつかないので、それなりに勉強したのだ——と。

「仙台、寒うっ！」

さっきの観光客がガラス戸をデッキに——仙台駅前は、ビルとビルとを繋ぐ大きな歩道橋と広場が組み合わさった、ペデストリアンデッキという仕組みになっている——出て叫《さけ》ぶ。

「東北、寒っ」

「太平洋側やって舐《な》めとったわ」

楽しそうに彼らは手を繋ぎ、十二月初めの仙台の街に去っていった。寒ささえもふたりにとってはきっとロマンチックなものにしかならないだろう。

きっとこのあと、仙台が冬に誇《ほこ》る一大イルミネーションイベントを見に行くのだろう。街中が金色の電灯に彩られる、それ。

ガラス戸の向こうは、すっかり夕焼けに染まっていた。

「はあ……いいなあ」

私はマフラーを巻き直し、来ないかもしれない恋人を待つ。

彼とは付き合って五ヶ月。……のはず、だ。私はステンドグラスを見上げる。描かれた仙台七夕の飾り——本物の飾りが揺れる中、告白された。とっても感動して、嬉《うれ》しくてその場でイエスの返事をして。

付き合って一ヶ月くらいでうまくいかなくなったのは……私のせい、なのかもしれない。それでもたまに……二週間に一度くらいは返事が来ていた。けれどこの一ヶ月、ついに連絡が取れなくなったのだ。

フラれたのかもしれない。それは分かっていたけれど。

「来てくれるかな……」

連絡が取れなくなった最後のメッセージ、それは「一緒にページェントを観に行こう」という内容だった。イルミネーションイベントの初日を一緒に過ごせたらって、そんな一縷の望みにかけている最中だ。

ふと、人混みの向こうに見知った姿が見えた。

「敬輔《けいすけ》くん……！」

来てくれた！

嬉しくなって、慌ててスマホをインカメラにして髪を整える。少し髪を切ったの、変じゃないかな。アイライナーうまく引けてて良かった！　飛び跳ねたいのを我慢して、おっきく笑いたいのを我慢して、スマホから彼の方に目線を向けて——

「……あ」

心臓がぎゅっと縮んだような気分になる。

彼の隣には、知らない女の人がいた。

ふたり、楽しそうに笑い合って……

「そ、そうだよ、ね……」

私は下を向く。

もう、フラれていたってこと。

泣きそうになるのを我慢し、敬輔くんから見つからないよう、逃げるように雑踏に足を踏み出した瞬間。

「あれ、佳織《かおり》」

敬輔くんに名前を呼ばれて、顔を上げる。

悔しいけれど、敬輔くんはやっぱり私のタイプ、どストライクだった。線が細くて男性にしたら華奢《きゃしゃ》で小柄。ふわふわの少し長い茶髪はマッシュめにカット。その髪を弄《いじ》る指先も、細くてまるで女性の指みたい。整った眉毛に、長いまつ毛に縁取られたくりくりした瞳はアイドル並みの可愛さだった。

「なにしてんの？」

私は泣きそうになるのを我慢しながら彼と、今の彼女さんを見る。ふたりは、腕を組んで手を繋いで、ぴったりとくっついていた。幸せそうに。

「……あの」

たまたま通って、と言おうとしたのに、妙に声が掠《かす》れた。しまった、と思ったときには遅かった。

敬輔くんは「ああ」とその可愛らしい顔を意地悪そうに歪《ゆが》める。ずきんっと胸が痛んだ。

「あー、そうだった。待ち合わせしてたなあ。忘れてた」

そんなんじゃない、と言うつもりが、びくっと肩を揺らしてしまった。敬輔くんの彼女さんが彼にしなだれかかる。

「え、やだ怖。いつの話？」

「何ヶ月か前？」

「やば、普通気づくでしょ？　執念深っ」

「まだオレのこと好きなの？　普通気がつくだろ、ただキープされていただけだって。もういいけど。本命落とせたから」

「ちな本命アタシでーす」

彼女さんが手を上げる。優越感に満ち満ちた視線に足が絡め取られて動けない。

「キープのくせにヤらせてくんないから、途中からキープのキープだったけど」

ああそうだったのか、と色々と合点して足から力が抜けた。

しゃがみ込みそうになる——のを、誰かが支えてくれた。肩を強く抱いて、その身体に抱え込んで守るようにして。

「え？」

顔を背後に向けると、背の高い男の人が仏頂面《ぶっちょうづら》で立っていた。男の人……というか、知り合いだ。

「有永《ありなが》さん？」

有永翔一《しょういち》さんは、私が働くブックカフェの常連さんだ。年齢は二十七の私より少し年上、三十歳を少し過ぎたくらいだと思う。背が高くて、体つきもかなり筋肉質でがっしりしている。私のタイプとは真逆だけれど、同僚から「イケメン！」と騒がれている顔立ちは、確かに端整と言っていいだろう。姿勢もいいしいつも堂々としてるし、少し無愛想なのもあいまって、武士とかお侍さんをイメージさせる精悍《せいかん》で男らしい人だった。

その人が私を支えて、無表情に……怒っている。無表情なのに怒ってる。

「待たせてすまない」

「へ？」

きょとんとしている私に彼はそう言ってから、敬輔くんを見る。

「それより、君はなんだ？　俺の恋人に」

「恋人……？」

恋人？　いつ私と有永さんが、とぽかんとしている間に有永さんは言い放つ。

「他人の恋人にいきなり難癖をつけるな」

有永さんは背が高い。百八十センチ半ばはあるだろう。その高さから敬輔くんを見下ろす整った眉目の視線は、氷点下を感じさせる冷たさ。

「失せろ」

冷然と言い放たれて、敬輔くんが「むぐっ」と口籠もる。分かる。有永さん、めちゃくちゃ怖い。

「い、いこ、けんちゃん！」

顔色を悪くした彼女さんが、敬輔くんを引きずってペデストリアンデッキの方へ向かって行く。

敬輔くんが「本気でお前なんかと付き合うかよ、ブース！」と叫んで、そのせいで周りの視線が私に集まった……と思ったらばっとみんなが目を逸《そ》らす。

不思議に思うけれど、それどころじゃない。

私は敬輔くんの後ろ姿を呆然と見つめながら——涙腺が緩むのを感じる。

（だめ、泣いちゃ、だめ）

分かっているのにぼろぼろぼろぼろ涙は零《こぼ》れる。せっかく綺麗《きれい》に引けたアイライナーも崩れていっているに違いない。

デッキの方面を睨《にら》みつけていた有永さんが、私に視線を移し、次の瞬間には硬直しているのが分かった。見上げると、目が合う。

無愛想すぎると思っていたかんばせに、はっきりと動揺が窺《うかが》えてしまって驚く。

「大丈夫か」

男性らしい、低い声がわずかに掠れていた。

「その、悪かった。咄嗟にあんな嘘《うそ》を。不快だっただろうか」

有永さんは私の顔の方に手を持ってきては引っ込め、コートのポケットに手を突っ込んでハンカチを取り出してからまた手を迷わせ、最終的に私の手にそれを握らせた。

「未使用だ」

「は、あ、ありがとうございます……」

ありがたくハンカチをお借りして、それから慌てて顔を上げた。

「あ、あの。さっきも、庇《かば》ってくれてありがとうございました」

「いや——その」

有永さんが珍しく口籠もる。

「余計な世話だったら」

「そんなことないです……あの、二度目ですね。有永さんに助けていただいたの」

不思議そうに有永さんが目を細めた。

「以前、お店で変なお客さんに難癖つけられていたとき。追い出してくださったじゃないですか」

さっきと同じように助けてくれた。有永さんはおそらく、困っている人を見ると助けてしまう性分なのだろうと思う。

「……いや」

有永さんが視線を彷徨《さまよ》わせる。どうやら照れているらしい、と気がついて眉を下げた。

「ほんとに、ありがと、……っ」

ちゃんとお礼を言いたいのに、うまく口が回らない。また溢れ出し始めた涙に自分でも戸惑っていると、有永さんが意を決した顔をして私の手を取る。

「少し離れよう」

周りの人がぶつけてくる視線から隠すように、彼は私をぐいっと自分に引き寄せた。

「……嫌かもしれないが」

ブンブンと首を振りながら、彼にエスコートされてデッキに出る。びゅうっと冬の風が吹きつけてきた。雪片が混じるそれらから庇ってくれる彼を見上げる。彼の峻厳《しゅんげん》な眼差《まなざ》しと雰囲気《ふんいき》は、いつもこんな冬の風を連想させた。

彼が私を連れてきたのは小さな居酒屋さんだった。時間的にお店を開けてすぐのせいか、まだお客さんも少ない。

「座敷いいですか」

有永さんがそう言って、奥まった個室に通される。畳敷きのそこは小さな掘りごたつが置いてあって、足を入れるとじんわりとあったかい。

ようやくひと心地ついて、ホッと息を吐《は》き出した。

「悪いな、こういうところしか知らなくて」

「いえ、……すみません、ご迷惑を」

恐縮しきりの私からコートを受け取り、ハンガーにまでかけてくれる。なんていい人なんだろう。

「何か飲んだ方がいい。お茶でも……アルコールの方がいいか？」

「あ、お茶で……」

有永さんはあったかいお茶と、自分用なのか日本酒を一合頼んでいた。「サムライ」のイメージぴったりの選択に、つい頬が緩む。

運ばれてきたお茶を飲みつつ、私は改めて頭を下げた。

「本当に助かりました。ありがとうございます」

有永さんはお猪口《ちょこ》を持つ手をいったんテーブルに置き、ものすごく難しい顔をした。それからお酒に目を落としながら呟《つぶや》いた。

「あの男は、君の恋人じゃなかったのか」

「あ、はは……そう、思っていたんですけどね」

ぽたん、とまた涙が溢れて、有永さんは私にものすごく慌てた顔を向けた。

「すまない、っ、泣かせるつもりでは」

「いいえ、……ついでなのでちょっと話してもいいですか？」

有永さんが神妙に頷《うなず》く。

私は滔々《とうとう》と話し始めた。

「私、……昔から可愛い系のアイドル顔とロマンチックなシチュエーションに弱くて」

「アイドル……ロマンチック……」

有永さんが呆然と繰り返す。二十代後半にもなってそんなことを言う私に、ちょっと呆《あき》れているのかもしれない。

「そうなんです。さっきの彼は、うちのお店の取材で知り合ったんです」

「雑誌社とか、そんな感じか」

「えっと、テレビ局の人です。それで、しばらく連絡を取るうちに親しくなって……あの、親しくなったとか思ってたの、私の方だけだったみたいなんですけど」

やや自虐的に笑うと、有永さんがぎゅっと眉を寄せた。

なんでそんな悲しそうな顔をするんだろう。

「それでその、顔も正統派アイドルっぽくて可愛くてタイプだし、ちょっと好きかなってなってて……で、仙台七夕に誘われて、あれ行ったことありますか？　仙台人はあれ見るとちょっとテンションが上がるんですけど」

「……ああ、綺麗だった」

どこか追憶するように彼は言う。

私は彼の少し掠れた声に内心首を傾《かし》げつつ、続けた。

「あのお祭りで付き合おうって言われて。あの、仙台七夕、私の誕生日でもあるんです」

「そうなのか」

有永さんが頷く。私は苦笑して続けた。

「下の名前、私、佳織《かおり》って言うんですけど」

「知ってる」

食い気味に言われて不思議に思う。そういえば昔、聞かれたっけ？　大したことじゃないか、と思いながら再び口を開く。

「佳織の『織』は織姫《おりひめ》から来てるんです。それで、七夕って余計に私の中で特別で。そんな特別な日に告白されるなんてって、ほんと私、ロマンチックなのに弱くって……付き合いだして。でもその、私。結婚するまでエッチとかしたくなくて」

どうしてだろう、口が滑った。

慌ててばっと顔を上げ、熱くなった頬に冷めたおしぼりを押し当てた。

「す、すみません変なことまで……っ」

「いや、それであいつが言っていたことに合点がいった」

「あは……」

あいつが言っていたこと、ってアレだろう、『ヤらせてくれなかった』。これにつきる。

「……ほんとに、バカみたいだと思います。でもそういうことって、女性の方が負担大きくないですか？　もし妊娠したら？　とか、そんなことまで考えちゃって……考えすぎだって、分かってるんですけど」

「つまり、身持ちが堅いということだろう。決して悪いことではないんじゃないか」

有永さんはそう言って、軽く目線をテーブルの上で動かした。

「そんなことないです。こんなんじゃ、ずっとまともに恋もできないって、分かってるんです」

「……むしろ、俺から見れば美徳のように思う」

「そうでしょうか。有永さんだって、もし恋人がこんなふうだったら、面倒くさいと……」

「思わない」

キッパリと有永さんは断言した。私はちょっと目を瞠《みは》る。なんでそんなにキッパリと？　それに気圧《けお》されつつ続ける。

「そ、それに、敬輔くんのことは、……恋じゃなくて、なんていうか、アイドルとかを追っかける感覚だったのかもしれません」

そう言って、自分でも納得してしまう。

私はいつも失恋したあと、「どうやらこれは恋じゃなかったのかもしれない」なんてことに気がつくのだ。

「敬輔くんが女の人といたのを見たショックは、多分そこそこの推《お》しに彼女発覚！　みたいな感覚に近い気がします。最推しですらなかったみたい。そんなだからきっと本命になれなかったし、敬輔くんとはお互い様っていうか……」

「寺島《てらしま》さん」

有永さんが私の名前を呼び、姿勢を正した。

「お互い様と言うが、君は悪くない」

「でも」

ちゃんと好きじゃなかった。

きっとそれが伝わってたからこそ、キープのキープ……だっけ、にされて。

眉を下げた私に構わず、有永さんは言葉を紡《つむ》ぐ。何か伝えたいことがあるのだと分かる口調だった。

「寺島さんが俺に絵本をくれたのを覚えているか？　今年の梅雨頃の、俺の母の命日に」

「え？　あ、はい。子猫の絵本を……」

頷きながら、そのときのことを思い返す。


去年の秋頃から、お店の常連になっていた有永さん。なんとなく会話する仲になっていた今年の梅雨頃、お店近くのお花屋さんで白い菊とカーネーションの花束を買っているのを見てしまった。

白いカーネーション。

亡くなった母親に贈る花。

目が合ってしまって、有永さんもびっくりしていたのか、……ひどい雨で少し寂しい気分になっていたのか、彼はぽつりと『母の命日で』と呟《つぶや》いたのだ。

彼をひとりにしてはいけない気がした。

近くのカフェに誘って、少しだけ話を聞いた。

ひとりで自分を育ててくれたこと、高校生のときに事故で亡くなってしまったこと、「父親代わり」の人に仕事を紹介されて今もその仕事に就いていること。

有永さんは福岡《ふくおか》出身で、お母様のお墓もそちら。仕事もあってお墓参りにはいけないけれど、写真に供えようと白い花束を買ったところ。

『そうだったのですか』

『普段は忘れているんですが、ダメですね。命日は思い出してしまいます』

母ひとり子ひとりであれば、余計そうだろう。それも子供の頃に亡くしているのだ。胸が痛くなって、眉を下げた。

有永さんがふと視線を上げ、口を開いた。

『……そうだ、聞いてもいいですか？　本、詳しいですよね』

『なんでしょう？』

元から本好きというのもあるけれど、職業柄本には詳しい。

『子猫の絵本を知りませんか』

いわく、母猫と子猫が冒険に行く話だそうだ。小さい頃によく読んでもらったそれを、最近よく思い出すとのことで。

『絵柄なんかはよく覚えているんですが、タイトルや作者は記憶になくて』

『ほかに特徴はありますか?』

『ロケットで宇宙へ行く話でした。またたびの星を探すんです』

私はぱん、と手を叩《たた》いて席を立つ。

『待っててください! うち、この近くなので……っ』

驚き顔の有永さんを残し、駅前の大通りから小さい道に抜ける。この辺りはもう、住宅街だ。家に飛び込み何事かと慌てるお母さんに『説明はあと!』と叫んでから、自分の部屋の本棚から絵本を抜いて、すぐさまカフェに戻った。

『有永さん! これですか』

有永さんが目を丸くする。

それから手を伸ばし、絵本を受け取って軽く目を閉じた。

『……これです。お借りしても』

『プレゼントします。それ、絶版になってて』

恐縮する有永さんに、絵本をぐいぐい押しつける。

『大事にしてくださるなら、あげます!』

こたつの暖かさを感じながら「あの絵本読みましたか？」と聞いてみる。

有永さんは頷いて、それから軽く目を伏せて話し出した。

「あのときも言ったけれど、うちは父親がいなくて——離婚や死別じゃない。最初から母親はひとりで俺を産んでひとりで育ててくれていたんだ」

「そ、う……だったのですか」

ずきっと胸が痛む。

そんなに大切なお母様を早くに亡くして……ご親戚もいない、と言っていた。

「それで……俺も君と同じだ」

「同じ？」

「誰とも性行為をしたことがない。俺の場合、交際もだが」

「え」

思わず有永さんの顔を覗《のぞ》き込む。

意志の強そうな眉目、端整な顔立ち。精悍な印象を抱く口元……

放っておいても女性が寄ってくるのは間違いなかった。

「う、うそだあ」

「本当だ。……その、いきなり重いかもしれないが聞いてほしい」

不思議なほど必死な表情に戸惑いつつ、頷く。

「母親は……自分を捨てた男を生涯想い続けていたんだ。それこそ風の噂《うわさ》で、そいつが死んだと聞いたとき身も蓋《ふた》もなく泣き続けて……あんなふうに身を滅ぼすようになるのなら、恋なんか絶対にしないと決めていた」

私は目を瞬《またた》く。

決めていた、って過去形ってことは……今は恋をしているのだろうか？

首を捻《ひね》る私の前で、有永さんは急に正座をして姿勢を正す。

「あ、有永さん？」

「あのとき——絵本をくれたときから、好きだった。いや思い返せば、その前から気になっていて」

「……へ？」

「仙台七夕で君とあの男を見たんだ。それで、諦めて——なのにかえって感情は募って」

「ちょ、まっ、待ってください……！」

いきなりすぎて、頭がついていかない。

「わ、私、告白されてますか……っ」

「している」

はっきり答えて、有永さんは真っ直ぐに言う。

「あの七夕で見かけた君は、綺麗だった。自分が現実にいるのか分からなくなるくらい」

「え、えっ、そんな」

「あんな男の言うことは気にするな。耳に入れる価値もなかった——君は、綺麗だ」

ぼん！　と頬が赤くなっている自信がある。わ、私、口説《くど》かれてる……っ！

有永さんは太ももの上に置いた拳《こぶし》にぐっと力を入れて、真剣な声と眼差しで言う。

「俺と結婚してくれないか」

「けっ、こん⁉」

「俺と、恋愛を前提に結婚してくれ」

「あ、あのっ、……え？」

それって普通逆なのでは！

「失恋を忘れるには新しい恋が一番だと聞いた」

「そ、そうかもしれませんが！」

「決して身体目当てじゃない。君の全部が欲しい――だから、結婚してほしい」

「いやあの、でもっ」

ひたすら慌てている私に、有永さんは続ける。まるで逃しはしない、と肉食獣に追い詰められている小動物のような気分だった。

「ロマンチックなのがいいんだよな？　アイドル顔は諦めてもらうほかないが、最大級にロマンチックな結婚生活になるよう努力する」

有永さんは真っ直ぐな姿勢で、太ももに拳を置いて続ける。

「正直苦手だけれど、君のためならいくらでもロマンチストになってみせる」

「……！」

勝手に心臓がドキドキしてしまう。拍動するたびトロトロに蕩《とろ》けて――

視線が絡まった。

鋭《するど》い視線に、まるで射抜かれているかのように、目が離せない。

2（翔一視点）

空になら殺されてもいい。


本気でそう思っていた。

けれど、恋は世界を塗り替える。


一番古い記憶は、母が歌いながらベランダで洗濯物を干しているところだ。俺はぼろぼろになった猫の絵本を抱えて、日焼けしてささくれだった畳の上でそれを眺《なが》めていた。

『翔《しょう》ちゃん』

母が笑う。

『お洗濯終わったら、その絵本一緒に読もうね』

俺は頷《うなず》く。

なんの疑問も不安もなかった、本当に幼い頃。母と俺で世界が構成されていたあの頃。ひだまりみたいだったあの頃。

今思えば、母はこのときまだ二十歳だった。十七歳で俺を産んだ母。家庭環境に恵まれず、親戚を転々とした挙げ句に年齢を誤魔化して水商売を始め、あっさりホストに騙されて俺を妊娠した母。俺を産むと決めた彼女。

家族が欲しかったのと俺を撫《な》でる細い指先、その爪だけはいつも綺麗《きれい》な赤色だった。

古びたアパートの居間の箪笥《たんす》には、生物学的に父親であるホストの、やけに格好つけた写真が飾ってあった。

『あれ、翔ちゃんのお父さんよ。イケメンやろ？』

母は何年経とうと、そいつを愛しているらしかった。

知人からそいつが死んだと、酔っ払って路上で喧嘩になって殴られて死んだと聞いたとき、母は後を追わんばかりに泣いていた。泣いて泣いて、ただでさえ細かったのにもっと痩《や》せて、それでも仕事に行って酔っ払って帰ってきて、……ある日突然泣きやんだ。

『いけんね、お母さん、翔ちゃんのお母さんやのにね』

俺をぎゅうぎゅう抱きしめる安っぽい香水と、自分では吸わない煙草と、お酒の匂いがする母親。俺にとって母親とは、そんな匂いがする人のことだった。

『有永《ありなが》んち、父親おらんとやろ』

『金がないけん、誰とでもやるっちゃろ、ってママが言っとった』

小学校低学年の頃だった。言っている本人たちも意味も分かっていなかっただろう雑言《ぞうごん》に、俺自身も意味が分からない悪罵《あくば》にカッとして、そいつらを殴った。

こいつらの親が、俺の母親を馬鹿にしていることだけは理解できたから。

ボコボコにした俺を教師ははがいじめにして吐《は》き捨てた。

『これだから片親の子は！』

校長室までそいつらの親に謝りに来た母親は、ひたすら背を丸め、ぺこぺこと頭を下げていた。

子供からすれば大きく見えていたはずの母が、やけに小さく、縮んで見えた。

『翔ちゃん、お友達叩《たた》いちゃいけんよ』

学校からの帰り、俺の手を赤い爪の手で優しく握って彼女は言って、そうして俺はなんとなく悟った。

俺がなんかしたら、この人が困るっちゃねえ。迷惑かけたらいけんね。

いや、守ってやらんといけんね、俺は男なんやけん。


弱さは捨てんといけん。

早く大人にならんといかん。


そこからは、できるだけ大人に見えるようにと虚勢を張った。子供ながらに「大人の男」というものが何かを想像し、実行した。感情や表情を出さないように、落ち着いて見えるように。元からの顔つきのせいか、少し無愛想にするだけで良かった。

母ひとり子ひとりだと、舐《な》められないように。もう二度と『片親だから』なんてクソみたいなことを母親に聞かせないために。

そうやって人生を決めてきた。いい高校に入って、偏差値の高い大学を出て、高給の仕事に就く。たくさん稼いで母親を楽に暮らさせてやる。

そう思っていたのに。

高校に入って始めた配達のアルバイト、最初は自転車だったのが先輩に中型バイクを安く譲ってもらってからは、免許を取りバイクで配送に行っていた。単発でバイク便の仕事ももらうようになって、俺は時々その帰りに海沿いの道を走るようになっていた。

潮風が吹く。

走っている間は、何も考えなくていい。景色が移り変わっていく。

その日。

高校三年の梅雨のある日。

俺は家に帰る気にならず、夕方にさしかかる曇天の道を走っていた。雨こそ降っていなかったが玄界灘《げんかいなだ》は大荒れで、雨が今にも降り出しそうな匂いがしていた。

『あ、またネイル行かないけん』

数時間前、バイトへ行く前のことだった。欠けた長い爪を見て、母親が言った。小さい頃は切り揃えられていた爪が、俺に手がかからなくなると伸ばされるようになったのだった。

『別の色にせんと？　いつも赤やん』

なんとなく聞いた言葉に、母親は照れて眉を下げた。

『あんたのお父さんが褒《ほ》めてくれた爪の色やけん……』

なにをどう捉えたらいいのか、どんな感情を持てばいいのか、全く分からなかった。

まだこの人はあんな男に囚《とら》われているのか。あんたを捨てた男だろう。まだ少女だったあんたを孕《はら》ませて責任さえ取らず、挙げ句の果てに酔っ払って殴り殺された！

二の句を告げずにいる俺に、母親は続けた。

『なんか、あんたも年々あの人に似ていくね』

心底嬉《うれ》しそうな顔をされて、俺は――

ぽつっ、と降ってきた雨に、ようやく思考を現実に戻す。明日までの物理の課題を思い出し、舌打ちしてバイクを帰宅の道に向けた。

帰宅する頃には、雨は本降りになっていた。古い鉄骨アパートの二階、俺の家の前に警察官が立っていて眉を上げる。嫌な予感がしてカンカンカンと錆《さび》た階段を駆け登った。

『あ、君、有永さんの……』

『息子です。母が何か』

事故だったらしい。店に出勤しようとした母親は、突然の雨に慌て、青になった横断歩道を飛び出した。そこにトラックがろくに確認もせずに左折してきて――即死だったそうだ。

『見たかろうけど、見ん方がよか』

霊安室で、警察官は俺の肩を引いた。

その言葉に、母親の遺体がどんなふうになっているのか――想像がついてしまった。

白い布の隙間から小さく覗《のぞ》く指先だけ、その爪だけが、いつも通りの赤だった。


滝のような雨が降っていた。アパートに帰っても、白い骨になった母親がいるだけだった。香水の匂いも酒の匂いもしない。焦《こ》げた甘い卵焼きを作らない。俺の名前を呼ばない、小さく箱に収まってしまった母親がいるだけだった。

そのアパートも、保護者を失った俺はじきに引き払わないといけない。高校卒業まで、市の施設に入ることが決まっていた。

……どこにも帰りたくなかった。

時刻は深夜近かったと思う。

明かりさえない海沿いの道、闇の中を、バイクを風切り走らせる。身体中に雨粒が当たる。小石が当たっているかのようだ。でも痛くなかった。何も考えたくなかった。

それでも生きようとするのだから、人間というものは生き汚《ぎたな》い。

腹が減って寄ったコンビニの駐車場で、中年の男に『よう兄ちゃん』と声をかけられた。少し小柄で、しかし肩幅はがっしりとした四十がらみの男。どこかカタギではない雰囲気《ふんいき》を感じて、一度は無視を決め込む。

『おいこら、逃げんなよ』

『……なんすか』

『お前、さっき防波堤の横んとこバイクで走ってなかったか』

一瞬、ぎくりとする。

ヤクザじゃなくて警察か？　スピードを出しすぎていた？

俺の表情を読んだのか、男が破顔する。妙に人懐こい笑顔だった。

『ああ、違う違う。警察じゃねえよ』

そうして男は続けた。

『いや、いい走りっぷりだなあと。怖くねえのか、照明もないだろあそこ。闇の中走るようなモンじゃねえか』

『……別に』

『なあ』

男がニヤリと笑う。

コンビニの安っぽい照明が、笑い皺《じわ》を際立たせて——どこか、任侠映画を観ているような気分になる。

『もっといいモンに乗せてやろうか』

『……は？』


今思えば、なんであんな小汚いオッサンの言葉に頷いたのか分からない。問われるがままに高校の名前や、自分にもう身寄りがないことまで話してしまったのかも分からない。

俺もさすがに心細くなっていたのか、はたまた男の妙に人懐こい笑い皺のせいか。

母親のことを同情するでもなく、オッサンはホットの缶コーヒーをふたつ差し出して言った。

『ブラックとカフェオレどっちがいい』

このときカフェオレを選んでいたら、俺は航空自衛隊航空学生への推薦を受けていたらしい。「大人の男らしさ」にこだわっていたガキだった俺はブラックコーヒーを選んだけれど。

そんなわけで。

『よーしお前、防大《ぼうだい》な。防大行け』

翌朝には学校の教師から職員室に呼び出され、防大への推薦の話が出ている、と言われて目を丸くした。

あのオッサン、何者なんだ。

確かに防大は、進路の想定のひとつにはあった。衣食住が補償され、金がなくても通える。なんなら給料まで出る、という安定した生活を得るための魅力的な条件が揃っていたから。

『それにしても、有永。良かったな、引き取り先見つかって。施設から通うのは少し遠いもんな、この学校』

『……は？』

『違うのか？』

きょとんとする教師を見下ろしていると、ガラガラと無遠慮に職員室の扉が開く。そこに立っていたのは、昨日のオッサン。同じ人のはずなのに、佇《たたず》まいが全くの別人だった。

（……警察官？）

制服姿に、一瞬そう思ったけれど、違った。

水色の半袖制服が重くなるほど胸元についた徽章《きしょう》や防衛記念章……名前を知ったのは防大に入ってからだったけれど。

『よう』

オッサンは気楽に手を上げて、それから口の形を斜めにして笑い、俺に向かって敬礼してみせる。それから担任に向き直り、帽子を取って頭を下げた。

『航空自衛隊春日《かすが》基地副司令の柴原《しばはら》です』

『ああいえいえ、わざわざご足労いただいて……何ぼけっとしてるんだ有永、お前の里親になる人なんだろ？』

『……は？』

かくして俺は防衛大に入るまでの数ヶ月を、柴原一等空佐《くうさ》の家で過ごした。

子供がいない柴原夫妻は、かねてから里子を希望していたらしい。まさか奥さん、陽子《ようこ》さんの方はこんなデカい高校生を引き取ることになるとは思っていなかっただろうけれど。

温かい家、食事。柔らかな布団。

(これが普通の、家)

風呂に入りながらそんなことを思う。

父親なんか知らなかったけれど、柴原さんは土日になると俺を連れて出かけたがる。釣りだのキャンプだの登山だの。

パン作りが趣味の陽子さんからは、いつもおいしそうな匂いがする。下戸で、アルコールの匂いはしない。安っぽい香水の匂いもしない。俺が飯《めし》をたくさん食べると、頬を赤くして喜んだ。

陽子さんは柴原さんのことが大好きなんだとすぐに分かった。柴原さんも陽子さんを大切にしていると目に見えた。お互いを慈《いつく》しみ合っている、幸せな夫婦。

風呂に入っているときに、急に目の奥が痛くなって頭まで熱めの湯にもぐる。

なんだかとても、苦しくなった。弱さなんか捨てたはずなのに。

俺がいなかったら、母親は別の誰かとこんなふうに幸せになっていたんじゃないか。俺がいなかったら、母親はトラックに轢《ひ》かれて引きずられてぐちゃぐちゃにならずに済んだんじゃないか。

安っぽい赤のマニキュアが瞼《まぶた》でちらつく。

「……俺が、おったけん」

湯面に顔を出して呟《つぶや》く。

泣く権利なんか俺にはないと思った。

母親ひとり幸せにしてやれなかった俺なんかに。大切な家族だった。笑っていてほしかった。なのにそんな母親が死んで、どこかホッとしている自分が汚《けが》らわしくて仕方なかった。もう肩肘張らなくていいと思ってしまった自分が、大嫌いだった。

産まれなければよかった。


しばらくして陽子さんは俺の防大進学に反対しだした。

『翔一《しょういち》くん、せっかく成績いいんだし、学費のことは気にせずに好きな進路に行きなさいよ』

それを聞いた柴原さんは珍しく陽子さんに『馬鹿野郎』と唇を尖《とが》らせる。

『翔一はな、こいつはパイロットだよ。素質がある。バイクで走っているところを見てピンときたんだ。いいか、他のモンじゃお前は満足できない』

唇を斜めにして、柴原さんは言う。

『極上だぜ、戦闘機は。どんな女より腰にクる』

言った瞬間に、陽子さんにはたかれていたけれど。


俺が柴原さんが言う『もっといいモン』に乗れるようになったのは、そこから数年後のことだった。防大を出たあとは幹部候補生学校を卒業し、初級操縦課程でプロペラ機での訓練を積んだ。その後、国内の訓練施設ではなく、戦闘機要員として米軍の基本操縦課程へと進み――初めてジェット機に乗ったときの興奮は忘れられない。

地上があっという間に米粒より小さくなる。空も海も上下左右もなかった。太陽が雲を金色に染めた世界をふたつに引き裂きながら俺は飛ぶ。音速を超え、つまり音より速く飛び、周囲の音が消えた。感覚が研ぎ澄まされていく。真下に雲海が広がる。雲が地球に沿って円を描き、地球が丸いのが分かる。もう一息で宇宙にまで行ける。そんな場所。

初めて自由になれた気がした。

母親の死に対する感情も。その後ろめたさからも。

その日のうちに、柴原さんから連絡があった。

『どうだ。〝もっといいモン〟だっただろ』

その通りだ、と俺は思った。

俺は翔《と》ぶために生きてきたんだ。


ほかに何もいらない。

空になら殺されていい。


柴原さんの言う通り、俺には「素質」があったのだろう。少なくとも模擬戦で黒星がつくことはほとんどなかった。

帰国してさらに空自の主力であるF―15《イーグル》の戦闘機操縦課程を経て、パイロットとして勤務しだして四年目にその事件は起こった。

年間に千回近くある対領空侵犯《しんぱん》措置での緊急発進《スクランブル》、その日はその千分の一の日だった。

サイレンと共にS／C《ホットスクランブル》のランプが光り、格納庫《ハンガー》へと全力で走る。操縦席までラダーを駆け上り、燃料始動装置を起動させながらシートに飛び込む。通話機器が内蔵してある航空ヘルメットを被り、酸素マスクを装着する。戦闘機の操縦席は約0．3気圧ほど。これがなければ意識を喪失してしまう危険があった。スロットルレバーを引いて双発のジェットエンジンに点火する。機器の点検をしながら整備員と情報をやり取りした。

『上空約2000に所属不明機一機《アンノウン》』

管制塔《ラプコン》からのざらついた無線に『いつも通り』の緊張感を覚える。

そう、ここまでは『いつも通り』だった。

誘導員の手信号に従い滑走路に出て離陸。かかり始めるG《重力加速度》に備えて対G呼吸を繰り返す。スクランブルは二機で対応するため、部下が搭乗した僚機《りょうき》が続いて離陸した。

国籍不明機は日本の領空ギリギリを掠《かす》めるように飛んでいた。視認できる位置につき、無線で特徴を地上に伝え、撮影を終える。

背後から近づき、無線を243MHz《国際緊急周波数》に合わせ呼びかけた。

『Attention,This is Japan Air Self-Defense Force.Your aircraft is approaching Japanese airspace. Change course immediately.』

返答はない。周波数を変えてもダメ。

自機の翼を振りジェスチャーでの警告を重ねた。

いつも、なら。

通常通りなら、これで彼らは離れていく——はずだったのに。

鳴り響く警告音の意味が、一瞬、ほんの一瞬だけ理解できかねた。

『……！』

それは俺に対する攻撃の意志、ミサイルのレーザーが当たっているという証左、けたたましく警告音が繰り返される。

今……ロックオンされている！

零《ゼロ》コンマ数秒も経っていなかったはずだ、俺の身体は驚くほど訓練通りにミサイル回避のためエルロンロール《横転》させフレアを放出させた。機体をさらに上空へ向かわせる。呼吸を乱してはいけない、ただでさえ体重の数倍ものGがかかっている状況、回避行動をすれば９Ｇ……どれだけ訓練されていても意識が飛ぶ寸前の状態になるのは分かりきっていた。対G呼吸を丁寧に繰り返しつつ相手の機体から目を離さない。洗いざらしの真綿のような雲、宇宙に近いことを示す濃いスカイブルー、眩《まばゆ》い世界で太陽を反射する国籍不明機が機首を上げる。遠くで僚機が旋回を始めていた。

『……クソが』

思わず呟いた。

相手も俺に続く。俺より上を取ろうと……近接戦闘《ドッグファイト》に持ち込もうとしだしている。

心臓が早鐘を打つ。頸動脈が跳ねるのが分かる。

操縦桿の機銃スイッチに指がかかっている。恐怖心が指に力を入れようとしているのを、ギリギリで耐える。

頭の芯が熱い。

ロックオン警報は再び激しく鳴り続けていた。

瞳孔が開いているのではないかと思うほど、勝手に目が見開かれた。こめかみがずくんずくんと疼《うず》いた。

倒さなければ、殺される。

いや馬鹿か俺は、これが戦争の端緒《たんしょ》になったらどうする気だ！

激しく自問自答を繰り返しながら、当該機に背後を取られないよう、上昇と下降を繰り返す。機体を真横にして下降するフリをして、すぐさま上昇。相手も負けじと食いついてくる。かなり腕がいい。知らず、唇が上がった。

頭の奥が急にシンとする。

俺は今、笑っていなかったか？

呆然としつつも身体は動く。操縦桿を引きループ、ぐわっとかかるGに座席に押しつけられつつ、その途中でロールして再び機体を水平に戻した。

完全に俺が当該機の背後を取ったことを理解する。今攻撃すれば、相手を撃墜できる。それが確信できる位置だった。

相手も——それが理解できているのが分かる。俺が翼を揺らすと、当該機が遠ざかっていく。自衛隊機は警告射撃はしても、実際の撃墜はしない。相手もそれが分かっているからこそあんな挑発行動に出たのだろう。

飛行グローブの中の手のひらは、汗でぐっしょりと湿っていた。

怖かったからじゃない。

笑ってしまっていた、俺は。

『クソ……』

帰途につきつつ、空を仰ぐ。暗い宇宙がすぐそこに見える。スピードを落とし音速より遅く飛べば、ゴォ……とジェットエンジンの音が響く。

俺はきっと、探していた。

もうずっと、随分前からもう、俺は——生きたくなんか、なかったのだ。

空になら殺されていいいんじゃない。

俺は、空で——


『翔一、大変だったな』

その日のうちに柴原さんがやってきて俺は困る。たまたま近くまで来ていたらしい。今、一番会いたくなかった人だった。

『ドッグファイトなんか、俺も経験ないぞ』

基地の会議室の一角で、労うように彼は俺の肩を叩《たた》く。

なんと答えたらいいのか、返答に窮《きゅう》した。

あの瞬間、俺は自由で、生きていて、同時に——ずっと探していた場所を見つけていた。

まだあのときの恐怖と興奮が体内に残っていた。そのせいだろう、俺はきっと歪《いびつ》に笑っていた。

『翔一』

柴原さんの声のトーンが変わり、音を立てて立ち上がった。パイプ椅子《いす》が床を滑り嫌な音を立てる。

反射的に目を伏せた。

簡素なパイプ椅子に座る俺の前に柴原さんが仁王立ちになっている。

父親に怒られる小さな子供みたいだ、と頭のどこかで思った。そんな経験はないのだけれど……

『翔一、てめえ』

濃い緑色をしたパイロットスーツの胸ぐらを掴《つか》まれて、無理やり上を向かされた。

『オレはな、お前が気持ちよく死ねるようにパイロットにしたんじゃねえぞ……！』

ああ、バレてしまった。

小柄な身体のどこに、という力で胸ぐらを掴み上げられて、壁際に押しつけられる。

『翔一、何か言え』

『……』

『答えろ！』

怒号が鼓膜を震わせる。

無言を貫いた俺の胸ぐらを離し、柴原さんは怒りを収めるように肩で息をした。壁に身体を預け床に座り込む俺に、上から淡々とした声が落ちてきた。

『翔一、てめえしばらくイーグル乗るな。アメリカ行け』

のろのろと視線を上げる。柴原さんが苦しそうな顔をしていた。俺は不思議に思う――なんでそんな顔をしているんだろう、この人は。

『しばらく米軍の輸送機訓練に行け、お前は……戦闘機輸送機間の互換パイロット育成のテストケース、お前を推薦してやる』

米軍では戦闘機の任務に数年着いたあとは、一定期間輸送機など負担の少ない航空機の勤務を挟み、再び戦闘機へと配置される。高いG環境下では身体への負担が非常に高いためだ。

空自でも『働き方改革』の一環とかでこういった話が出ていることは知っていた。

(戦闘機から、離れる……)

空を奪われる。

呆然とした。

その俺を置いて、背中を向け柴原さんは出て行く。捨てられたのだろう。冷静にそう考えた。

そう思ったのに柴原さんは俺の見送りに来た。横田《よこた》の航空総隊勤務だ、忙しいだろうに。

少し緊張した俺の背中を柴原さんは何度か叩いて、米国行きの輸送機に押し込んだ。俺はうまく顔が上げられなかった。

米軍での輸送機訓練を経て帰国し、小牧《こまき》基地での輸送機パイロットに配属されてすぐ、展示飛行部隊《ブルーインパルス》への転属が打診された。打診というか、ほぼ命令――俺はさすがに理解が追いつかなかった。昇進し、すでに空将補《くうしょうほ》となっている柴原さんの意志がそこにないとは思えなかった。

なぜ俺を？

本人に直接聞いたけれど、のらりくらりとかわされるばかりで答えはもらえなかった。

小牧時代に、防大からの友人を沖縄《おきなわ》まで輸送機で運んだことがある。正確には、やつは防衛医大卒の医官なのだけれど、とにかくそいつの奥さんが石垣島《いしがきじま》で消息を絶ったとかで――

ふと興味が湧いて聞いてみた。

一生俺には縁がないことだと思ったから――『命より大切な人がいるのって、どんな感覚なんだ？』

そいつ、西ケ谷《にしがや》は微《かす》かに笑って答えた。

『なんでもできる気分になる』

不思議に思う。

そんなもののいない方が、なんでもできる気がした。

展示飛行部隊への配属直前、防大同期数人に『お前の昇進祝いだ』と無理やり旅行に連れて行かれた。実際、俺は一尉《いちい》から三佐《さんさ》へと昇進することになっていて――そのメンバーだった門屋《かどや》が伴侶を見つけたのが、その旅行だった。

出会って一日で恋なんかできるのか。

恋なんかしたことがない俺は特に興味もなかったけれど、いつも冷静な門屋が振り回されているのは、そう、少しだけ小気味良かったかもしれない。


けれど。


俺は意識を現在に集中させる。

目の前、掘りごたつの天板の向こうで真っ赤になって視線をうろつかせる彼女——寺島佳織《てらしまかおり》、さん。

俺は今や、西ケ谷の気持ちも門屋の感情も、そっくりそのままとは言わないけれど、ある程度理解できているはずだ。

「返事をもらってもいいだろうか」

「へ⁉　へ、返事っ」

「結婚してくれるのか、してくれないのか」

じっとその綺麗な眼差《まなざ》しを見つめて言う。寺島さんはかなり戸惑っている——が、構わない。立ち上がり、こたつを回って彼女の横に正座してその嫋《たお》やかな手を握る。思った以上に細く、ひんやりとしていた。何も塗られていない爪を親指の腹で撫《な》でる。

「あ、有永さ……っ」

頬どころか、首まで赤くしている彼女が死ぬほど好ましい。

「大切にする。一生。俺は……初めて欲しいものができたんだ」

「欲しいもの？」

「君だ」

真っ直ぐに瞳を見つめた。

恋愛の駆け引きなんてできない。できるわけがない。俺ができるのは飛行機の操縦だけだ。

「初めて欲しいと思った。何もいらないはずの人生だったのに」

「そ、そんな。絵本をあげたくらいで……？」

「違う。自覚したのはそのときだけれど、惹《ひ》かれたのは、初めて君のカフェに行ったとき」

「あ、雨の日……の？」

「そう」


一年以上前、土砂降りの秋雨の日。

ブルーインパルス、宮城《みやぎ》県にある松島《まつしま》基地へ配属になった俺とほぼ同時に柴原さんも基地司令として松島へやってきた。その柴原さんに言われたのだ。

『休みの日は飛ぶこと以外のことを考えろ』。

そう言われたって、俺にはほかに何もない。シミュレーターを使うのも禁止された俺は、仕方なく基地のある東松島から仙台《せんだい》市内まで出てみた。バイクで三十分ほどの距離だ。駅前にバイクを停め、あてもなくウロウロするのにも飽《あ》きたときにぽつぽつと雨が降り出した。

見上げると、ビルとビルの間に曇天が見えて厭《いや》な気分になる。

そのときに、ちょうどブックカフェの看板を見つけたのだ。

本でも読むか。

何をしてきたんだ、と柴原さんに聞かれたときにただウロウロしてたと答えたのでは、鉄拳が落ちてくる可能性があった。読書をしていたと答えたら、まあ及第点なのではないか。

古道具じみた真鍮のドアノブを捻り店内に入る。ドアベルがりんりん、と軽やかに響いた。

テーブル席がふたつ、カウンター席が五つの小さな店内だった。部屋の三方は天井まである本棚と、そこに収められた本で埋め尽くされており、カウンターやレジ前の棚にも本が並んでいた。

ちょうど客が途絶えた時間帯なのか、無人の店内にはインクとコーヒーの香りだけが漂っていた。

窓ガラスを強くなりつつある雨が打ちつけていく。

『いらっしゃいませ』

奥から茶色いエプロンをつけた女性がひとり、のんびりと微笑《ほほえ》んで歩いてきた。

胸の白いプラスチックの名札に「寺島」とだけ書かれている。

カウンター席でコーヒーを頼んだ俺は、ついでにどんな本を読めばいいのか聞いてみた。「物語」といえるものを最後に読んだのは、それこそ国語の授業を除けば幼少期にまで遡《さかのぼ》る。どんな本を読めばいいのかすら、皆目見当がつかなかった。

『ええと、そうですねえ』

寺島さんが持ってきたのは絵本だった。宮沢賢治《みやざわけんじ》の「よだかの星」。

『せっかく東北に旅行にいらっしゃったのだから、こちらなんかいかがですか。賢治は岩手《いわて》なので、お隣ですけど』

その言葉にぽかんとする。

寺島さんは不思議そうに首を捻《ひね》ってから、慌てたように『あの、観光の方じゃ』と少し声を小さくして言う。

『いえ』

『わ、ごめんなさい。イントネーションが少し違ったので、東京あたりの方かと』

『そうですか。出身は九州です』

ぽっ、と蝋燭《ろうそく》が灯るように彼女は頬を赤くした。

『ぜ、全部全然違う……恥ずかしい』

思わず笑ってしまった。それから口元に手を当てる。笑った自分に驚いた。

自分に驚いたのを誤魔化すように、ページを開いた。

『せっかくなので、こちらを読みます』

『すみません……』

寺島さんが肩を落としてカウンターの内側に戻って行く。俺はコーヒーを飲みながら幼少期以来に絵本を読む。

鮮烈な話だった。

皆に嫌われている「よだか」が死を決意し、空に向かい——星になる。

『よだかは、どこまでも、どこまでも、真っ直ぐに空へのぼって行きました。もう山焼けの火はたばこの吸い殻くらいにしか見えません。よだかはのぼってのぼって行きました。』

ページをめくる。

『そうです。これがよだかの最後でした。もうよだかは落ちているのか、のぼっているのか、さかさになっているのか、上を向いているのかも、分かりませんでした。』

俺のことだと思った。

F―15《イーグル》に乗った俺。空をふたつに切り裂いて、天も海もなく、星に焦《こ》がれてただ無様《ぶざま》に飛び回る。

きっと、よだかより醜《みにく》い。

俺は星になれない。

『どうでしたか』

寺島さんが俺を覗き込む。彼女の手には、クッキーがあった。

『あ、これ、サービスです』

甘いものお好きですか、と彼女は言って、あまり食べませんと答えられずに俺はそれを食べる。

『あなたは』

俺は寺島さんに話しかけた。

『この話をどう思いましたか』

静寂に耐えきれずに俺は問う。

窓の外で雨が激しく降っていた。母親が死んだときと同じように。

寺島さんは首を傾《かし》げて、それから『……殴る』と答えた。

『……⁉』

おっとりした容貌の彼女からそんな言葉が出るとは思わず目を瞠《みは》る。寺島さんはハッとしたように手を振って『あの、よだかをではないですよ！』と続けた。

『鷹とか、よだかを虐《いじ》めるやつを、こう』

カウンターの中で彼女はふらふらと腕を突き出す。殴っているつもりなのか。

『鉄拳制裁です』

そう言って彼女は眉を下げた。

『でももう星になってしまいましたから、そうですね……探します。よだかの星を』

きっとなんの答えにもなっていなかった。国語のテストなら０点だろう。

でも俺は『それはいいですね』と答えた。

それはいい。

口元が緩むのを堪えられなかった。

なんて可愛い人なんだろう。


「……というわけで」

「すみません、分かりません！」

寺島さんはますます混迷を極めた顔で言う。

「有永さんは暴力的な人間がお好きなのですか！」

「嫌いだ」

「ならなぜ『鉄拳制裁』なんて言う人間を好きになるのです！」

思い出したことを整理して端的に『よだかの星に対する感想が気に入った』と話せば、寺島さんは温《ぬる》くなったお茶をごくごくと飲み干してからそんなことを言う。

「……ほぼ一目惚《ぼ》れだな」

「どこに！」

「だからよだかの星の感想に」

「有永さんが分からない……」

寺島さんが目線をうろうろとさせる。俺はさらに言葉を伝える。

「そのあと、絵本をもらって……大切にしてる」

「あ、良かったです」

にこっ、と寺島さんが笑う。えくぼが片方だけに浮かんだ。すごく可愛い。

「そのときに確信した。君が好きだと」

瞬間、世界が色を変えた。

空は俺が死ぬ場所じゃなくなった。

彼女に恋をしただけで。たったそれだけのことで——俺は生きたくなった。

俺は彼女の手に視線を落とす。小さな手は、俺の手のひらの中にすっぽりと包まれていた。

「欲しいと思った。ずっと欲しいものなんかなかったんだ。欲しがる権利なんかないと思っていたから」

母親さえ幸せにしてやれなかった俺に――

だから、気持ちを伝えることを躊躇《ちゅうちょ》した。

「そのうちに、あの七夕の日に君を見かけた。浴衣を着て、すごく綺麗で、一番星みたいにひとり輝いて見えた」

「そ、そんなっ」

手の中で、彼女の指先が微《かす》かにたじろぐ。

「けれど、隣にあの男がいて、君は幸せそうで」

だから気持ちに封をすることにした。でもそんなことできやしなかった。余計に溢れて、止まらなくて、俺はあの人の息子なのだと理解した。

誰かを愛してしまったら、もう止められない。何があろうと……捨てられようと、先に死なれようと、身を滅ぼそうと、その人しか見えなくなるんだ。

呪いのように。

それに実のところ、あの男だけじゃない。

彼女目当てであのカフェに来てる客が、ほかにもいるのを知っている。気がついてしまった――なぜなら、俺と同じように君を目で追っていたから。

もう目の前で掻《か》っ攫《さら》われるのは嫌だ。

「でもあいつじゃ駄目だったんだな。ならもう遠慮しない——俺は君を傷つけない」

彼女の手を握りしめたまま、自らの額につける。祈るように、希《こいねが》うように。

「お願いだ、君しか見えない。君の全部が欲しい」

顔を上げる。

「君だけが俺の欲求なんだ」

寺島さんは頬どころか、耳も赤いし首も淡く朱色《しゅいろ》に染めていた。目が潤《うる》んだまま、彼女は「は」と唇を小さく動かす。

「はい……」

俺が言うのもなんだけれど、寺島さんは少し「ちょろい」と思う。ホッとした。他のやつにつけ込まれる前に、君を手に入れられる機会に恵まれて。

「良かった」

思わず頬を緩めると、寺島さんは眩《まぶ》しいものを見たかのように目を逸《そ》らす。そんな彼女に俺は続けた。

「実家はこのあたりだよな」

「あ、はい」

「ご両親はご在宅か？　今からご挨拶《あいさつ》に伺ってもいいだろうか」

「……はい？」

3

善は急げ、思い立ったが吉日と言われると、なんだかそんな気がしてくる。

というか、いきなりプロポーズされた衝撃で頭がまだフワンフワンしていたのだ。

(だ、だって、あんな……)

私の家、リビングの椅子《いす》で姿勢良く座り出された紅茶を口にする有永《ありなが》さんを横目で見る。

(「君だけが俺の欲求」だなんて……っ)

そんなこと言われたら私はもうダメだ。キュンとして頷《うなず》いてしまった。馬鹿なのかもしれない。

敬輔《けいすけ》くんのときだって、そうだったのだから。

でも……有永さんは、敬輔くんとは違う、気がする。私が今持っている彼への感情も、敬輔くんに抱いていたものと違うみたい。

彼はいつも仏頂面《ぶっちょうづら》してるのに、時々笑う。その表情はとても優しくて好きだ。どうして隠しているのか分からない、普段からニコニコしてたらいいのにと思うくらい。

何より、告白してくれたときの双眸《そうぼう》の熱さ。火傷《やけど》しそうな瞳の強さに、心臓がギュン！　ってしてしまった。

とても逃げられそうにないくらいに……

でも、その「ギュン！」が果たして恋なのかは分からない。分からないままにプロポーズされ、頷《うなず》かされてしまったのだから。

「唐突に申し訳ありません」

有永さんはテーブルを挟んで反対側にいるお母さんに頭を下げた。

「ただどうしても、佳織《かおり》さんに求婚したことをすぐにお伝えしたかったもので」

「驚いたけど……佳織、真面目そうな人じゃない。良かったわね。もうすぐお父さんも戻るから」

イケメン……と簡単に言うには精悍《せいかん》で鋭利《えいり》すぎる端正な有永さんを目の前にしたお母さんは、テンション高めの挙動不審になりつつティーカップを指先で弄《いじ》った。緊張しているらしい。

「お父さん、電話したら泡食ってたわ」

ウフフと笑いつつお母さんがそう言った矢先、玄関が開く音がした。どすどすどす、と廊下を走る足音に目を瞠《みは》る。え、なに、どうしたのお父さん……!?

「戻ったぞッ！」

ばん！　とリビングのドアを蹴《け》り開いたお父さんの手には竹刀《しない》。……竹刀!?

「ちょ、ちょっとお父さん……!?」

「君か！　突然ウチの娘にプロポーズしたとかいう不届きも……の……って、有永三佐《さんさ》？」

お父さんが固まった。私はぽかんとして有永さんとお父さんを交互に見遣《みや》る。あれ、知り合い？

「寺島一曹《てらしまいっそう》……の、お嬢さんだったのですか」

有永さんが立ち上がり頭を下げるから、お父さんは慌てて手を振る。

「いや頭を上げてください三佐！　どういうことだ佳織、言っておいてくれないと……」

お父さんは両手で竹刀を握りしめ、オロオロと眉毛を下げて私を見る。

「言っておいて……って、有永さんって自衛隊の人だったんですか」

「なんでお前が知らないんだ」

お父さんが呆《あき》れ気味に言う。だ、だってそんな話をする間もなくプロポーズされて……！

有永さんが「あ」という顔をして私を見て頷いた。聞かなかった私も私だけれど！

「三佐はエースだぞ」

お父さんが口を挟み、それからちょっと嬉《うれ》しそうにしながらお母さんの横に座る。竹刀はソファにぽんと置かれた。

「エース？」

「パイロットで……第四航空団第十一飛行部隊に所属している」

有永さんがちょっと申し訳なさそうに言って、私は悲鳴を呑み込みつつ「パイロット⁉」と目を見開いた。

お父さんのせいで、私は飛行機恐怖症なのだ。だから飛行機関係の話は何も聞きたくないし、航空団だのなんだの言われても何をしているのかも知らないし知りたくもない。

「いや、だからなんでお前が知らないんだ」

「あ、あはは……」

笑いながら気がつく。そう、私、有永さんのこと何も知らない！　何歳なのか、好きな食べ物はなんなのか、どこに住んでいるのか。……ああいや、彼、甘いものは割と好きかも。なんとなく。ひとり焦《あせ》っている私の横で、有永さんは泰然としてる。有永さんだって、私のこと何も知らないはず。なのに、どうして私なんかにプロポーズしたのだろう……？

「いつから交際を？」

お父さんが有永さんに紅茶を勧めつつ、私に聞く。多分、というか確実に、有永さんは階級がお父さんより上だ。

ていうか有永さんについてはお父さんの方が知ってるな……

「えーっと」

さっきです——とは言えずに笑って誤魔化そうとした私の横で、有永さんは「一年以上、俺が片想いをしてました」と淡々と答えた。

「佳織さんが勤務されているブックカフェに客として行ったのがきっかけで」

「ご縁ですなあ！」

フヒヒヒヒと変な感じでお父さんが笑った。なにそれ、すっごい機嫌いいときの笑い方じゃん！

ひとつ分かるのは、お父さんがこの縁談に非常に乗り気ということだ。なぜ。なんでなの、さっきまであんな剣幕で廊下走って来ていたじゃない。

「まあ！　そうだったの、こんな子のどこがいいのかしら」

お母さんは相変わらずの変なテンションで失礼なことを言う。

それに、有永さんは至極真面目に答えた。

「全部です」

それを聞いたお母さんが「キャア」と叫《さけ》ぶ。私は横で頬を赤くして俯《うつむ》いた。そ、そんなこと言われたらどうしたらいいか分からない！

お父さんがお母さんを宥《なだ》めながら有永さんに向かって口を開く。

「いつ頃に結婚と考えておられるんですか」

「は、佳織さんさえ良ければ今すぐにでも」

冗談だと取った両親が笑って、でも有永さんは真面目な顔を崩さなかった。

食卓が一瞬、シンとなる。

「……今すぐ？」

首を傾《かし》げた私に有永さんは頷く。

「今すぐ」

「どうして」

そういえば『恋愛を前提に』プロポーズされたんだった！　てことはとにかくまず結婚ということ……

「離れたくない」

有永さんが私を見つめてそう言って、私は頬が発火したかのように熱い。

お母さんが「キャア！」とまた叫んでお父さんに嗜《たしな》められていた。

夕食を食べていけば、と言うお母さんの言葉を「ご迷惑になるので」と固辞して家の玄関を出て、ふたりきりの門扉前で彼は言う。

「来週以降のシフトを教えてくれるか？」

「あ、えっと」

スマホを取り出してスケジュールを見せると、有永さんは軽く頷く。

「良ければ水曜日に俺の上司に顔を見せてやってくれないか」

「じょ、上司さんですか？」

「ああ……以前話した『父親代わり』の人だ」

「あっなるほどです」

有永さんはお母様がもう亡くなっているから……

「あの」

ん？　と有永さんが私を見る。

「できれば、お墓参りに連れて行ってもらえませんか？　その、結婚して落ち着いてからでも」

言いながら思う。ほんとに結婚するの？

……するんだ。めちゃくちゃ乗り気のお父さんお母さんと意気投合した有永さんは、あっという間に話をまとめてしまって。

でもいくらなんでも、クリスマス入籍は早くないかな！　一ヶ月もないよ！

急なことだったから、一緒に暮らすのは年明けからになりそうだけれど。有永さんは官舎ではなくマンション暮らしだそうで、そこに一緒に住むことになりそうだった。

ドキドキしてきた。うまく顔が見られなくて下を向く。有永さんは私の手を取って「いや」と呟《つぶや》いた。

「年末でいいだろうか」

「え？」

「それくらいしか休めない職種で」

「あ、そうなのですね。もちろん」

なんだっけ、第二十一飛行部隊、だっけ？　あとで調べてみよう。やっぱり忙しいんだろうな、パイロットだなんて。

ちなみにお父さんは土日祝日はお休みだ。自衛隊で何してるか知らないけど。

「……離したくない」

大きな手のひらは、私の手をぎゅっと握って離さない。

ふと気がついた。彼はもしかして、寂しいのかもしれない。

「有永さんは、もしかして、その、家族が……欲しいのですか？　それで結婚を急がれてるのですか」

有永さんはきょとんとする。それから至極真面目に続けた。

「いや、君だから家族になりたい。君以外は欲しくないんだ」

「でも、有永さんも私もお互いのこと、何も知りません」

有永さんは少し驚いた顔をした。それから「知ってる」と穏やかな声で言う。

「君は完璧だ」

「絶対に完璧じゃないです！　いいですか有永さん、これを聞いたら有永さん、結婚を考え直すかもしれないことを言いますよ」

「１００％ないが言ってみてくれ」

「飛行機恐怖症なんです、私は」

有永さんはほんの少し目を丸くする。

「乗れないんです。必要に迫られて乗ったことが数回ありますが、遺書を書いてから搭乗しました。……ほら呆れてる」

ちなみにそのうち二回は修学旅行だ。

「呆れるわけがない。可愛い」

「どこが可愛いんですか！　だから、お仕事の話はあまり聞けないかも。それに、朝も弱いし、結構ガサツだし、アイドルオタクだし、あと、そう、ピーマンがいまだに食べられないんです！」

ふ、と有永さんは目を細めて笑う。

「たとえ君が過去に人を殺していても問題ない。それくらい好きだ」

「そ、そんな度胸はないですっ」

慌てて否定すると、有永さんは「でも」と口にする。

「君のことはなんでも知りたい。好きなものも嫌いなものも、全部全部教えてくれると嬉しい」

ハッと息を呑《の》んだ。あまりにも彼が真剣な眼差《まなざ》しをしていたから……

有永さんはその真っ直ぐな瞳のままに口を開いた。

「俺のことも。福岡《ふくおか》出身で、三十三歳だ。職業はさっきの通り。特に趣味もないけれどバイクには昔から乗っている。便利だから。……ほかに知りたいことは？」

「え？　えっと、好きな本？」

「よだかの星」

「好きな食べ物」

「特に無し」

「甘いものは？」

「実はあまり食べない」

「え、嘘《うそ》」

私は首を傾げた。

「お店でクッキーサービスするとき、すごい美味しそうにしてるじゃないですか」

「……そ」

有永さんが言葉に詰まる。こんな顔をするんだ、とつい見つめてしまう。その間に有永さんは元の仏頂面に表情を整えて言う。

「そうか？　意識していなかった」

「じゃあ好きな食べ物はクッキーで」

あっ勝手に決めちゃった。まあいいか。

「好きな飲み物は？」

「君が淹れてくれたコーヒー」

「へっ」

照れてしまって。ムッと唇が変な形になってしまった。よくそんなことサラッと言えるなあ！

慌てて続ける。

「にっ、日本酒は？　さっき飲んでましたけど」

「そうだな、比較的。ほかには」

「うーん。犬派、猫派」

「？」

有永さんは鳩が豆鉄砲を食ったような顔をする。

「そんなこと初めて聞かれた。考えたこともないし、触ったこともない」

「嘘！　どっちにも？」

有永さんはただでさえ寄りがちな眉間を険しくして、それから言う。

「猫」

「あ、あの絵本が好きだから？」

顔を覗《のぞ》き込むと、ばちりとその端正な双眸と目が合った。

どきん！　と鼓動が大きく拍動する。慌てて目を逸《そ》らして、きゅっと指先を握った。私、なんで照れているの……

「寺島さん」

名前を呼ばれて顔を上げると、彼は私を見下ろして続けた。

「……抱きしめてもいいだろうか」

「へっ？」

ちょっと間抜けな返答をした私を、有永さんはその大きな身体にそっと包み込む。

(だ、抱きしめられてる……っ)

ドキドキと鼓動が跳ねる。頬が熱を持つのが分かった。

同時に、温かくて安心する匂いがして、ついついうっとりしてしまう。

なんだろう、とても「しっくり」した。

ずっと探していた人を見つけられたような、そんな気分……

「色々と急いで決めてしまってすまない」

耳元で有永さんの低くて心地よい声がした。逞《たくま》しい腕の中で小さく横に首を振る。

「だけれどそれくらい、俺は君が欲しいんだ」

「なんで、そんなに……」

「好きだからだ。呪われているんだ」

「のっ、呪い……？」

急に出たおどろおどろしい単語にギョッとする。有永さんはどうということもなく続けた。

「君以外見えなくなる呪いだ」

はあ、とひとつため息をついて彼は囁《ささや》くように言う。

「……できるだけロマンチックな結婚生活にする」

彼の大きな手が、後頭部を撫《な》でる。壊れ物でも触っているかのように、そっと、優しく。

心地よくて目を閉じた。

彼の腕の中は、どうしてこんなに安心するのだろう？

これは何？

「君に恋をしてもらえるように死に物狂いで努力する……だから、結婚を考え直すなんてしないでくれ。絶対に」

切実な声に、慌てて頷いた。

不安にさせたくなかったのだ。

有永さんが息を呑み、私を抱きしめる腕に力を込めた。

抱きしめられるのが心地よくて、つい擦《す》り寄る。

「可愛いが過ぎる……」

何かに耐えるような声で有永さんが言った。

「そ、そんなことはないかと」

「ある。君は可愛い。どうして自覚がないんだ」

心底不思議そうに言われて、照れて唇をモニャモニャさせた。熱い頬に、有永さんの指先が触れる。硬くて筋張った指先は、冬の寒さに冷えていた。

その冷たさが心地いい。

触れられるがままにしていると、頬を手のひらで包み込まれ、上を向かされる。

熱い、あまりにも熱い眼差しと目が合った。射抜かれたように身体が動かせない。

「あ……」

そっと唇が重なった。触れるだけのキス――キスは初めてじゃない。なのに信じられないくらい、ドキドキした。

すぐに離れて、また落ちてくるキス。啄《ついば》むような優しい口づけが、何度も繰り返される。

もどかしいくらいに、胸がかきむしられた。恋と近そうで、何か違う。

でも、嫌じゃない。むしろ……

有永さんは私の「好きな男の人」のイメージとはかけ離れている。男性的すぎるし、精悍すぎるし、屈強すぎる。なのに、心臓を刻むリズムは「ときめき」に近い。

不思議だ。

さっき失恋したばかりなのに、こうして別の男性とキスをしている――ばかりか、婚約までしてしまった！

ふ、と有永さんが私の下唇をごく柔く、噛《か》む。

「ぁ」

小さく漏《も》れた声に、有永さんが少し慌てたように身体を引いた。

寂しくなって、その唇を追いかける。

彼の肩に手を置いて背伸びをすると、有永さんが少し屈《かが》んでくれて。唇が重なる。

足りない、と思った。思ってしまった。

舌を挿し入れて彼の舌をつつく。驚いたように彼が息を呑んで、それからゆっくりと舌を絡めてくれた。

お互いちょっとぎこちない動きなのに、すごくうっとりしてしまう。

彼の舌の、肉厚で濡《ぬ》れた感覚。

私は生まれて初めて、自分から男の人の舌を貪《むさぼ》るという経験をしていた。気持ちよくて止められない。

ちゅうっと吸うと、びくっと有永さんが肩を揺らして私を引き離す。

ハッとして眉を下げた。

「あ、あの、嫌でした……？」

「っ、違……」

有永さんは拳《こぶし》を口に当てて目を逸らす。その目元がわずかに赤くなっていた。

それから私を抱きしめ直して、深呼吸するようにしてから言う。

「生殺しだ……」

「ごめんなさい。よく分かんないんですけど、有永さんおいしくて……」

「煽《あお》ってるのか」

「いえそんなわけではなくて、ただ、その」

私は有永さんを見上げた。

「気持ちよくて」

有永さんが「ぐっ」と息を呑む。それから「はぁ」と大きく息を吐《は》き出してから、私の耳元で言う。

「覚えてろよ」

私は目を大きく瞬《また》いて――

有永さんは額にキスをひとつ落としてから、私に手を振って離れていく。

夜の冬の道を姿勢よく歩いていく広い背中を見つめながら、そっと自分の唇に触れた。

「何を覚えていたらいいんでしょうね？」


ところで入籍はクリスマス、と有永さんが決めた理由を、私は当日になってようやく思い知る。

私のロマンチック好きのためだ！

私は金の粒が落ちてくるかのような煌《きら》びやかなイルミネーションの光の中、心の中で叫んだ。

仙台《せんだい》市内を暖かな金色に彩るイルミネーションイベント会場の真ん中で、有永さんが緊張の面持ちで私の薬指に指輪を嵌《は》めてくれる――多分、私の頬は寒さのためだけじゃなく真っ赤だろう。

ひと粒ダイヤの指輪がイルミネーションを反射しきらりと光った。

「結婚してください」

「へ？　え、えっと、はい……？」

今から市役所に婚姻届を出しに行くというのに、結婚するなんてもうたった十数分後のはずなのに、有永さんはまるで「結婚」なんて初めて口に出したかのような顔をしている。

「よろしくお願いいたします……？」

首を捻《ひね》りつつ、それでもドキドキとときめきを覚えながらそう答える。有永さんは心底ホッとした顔をして私の手を握って息を吐《は》く。白い息がふんわりと暗い空に霧散していく。

通りすがりの人に「おめでとう」と微笑《ほほえ》まれて、照れて挙動不審気味に会釈した。

市役所の時間外窓口に婚姻届を提出すると、有永さんは緊張した顔で私と手を繋ぐ。逃がさないぞと言われている気がした。

「えっと、ご飯食べてからホテルに行きますか？」

言いながら照れてモニャモニャした顔をしてしまった。明日の朝、お墓参りのために博多《はかた》まで向かうのだ――新幹線で。飛行機は何がなんでも嫌だと、なんとか座席を確保したのだ。

その話をしに家まで来てくれた有永さんは『君さえ良ければ、クリスマスは俺と過ごしてくれないか』と言ったのだ。

『あっ、えっ、と、それっ……て、その』

新幹線のチケットを握りしめながら私はそのお誘いの意味について考え、ひとりで大慌てしていた。

（エッチ、する、のかな？　結婚したんだしっ）

そう、条件は満たされている。満たされてしまった——「結婚するまでエッチしたくない」。

『寺島さん』

有永さんは私をそう呼んでから、少し黙った。

『——佳織さん』

『は、はいっ』

肩をびくんとしてやたら元気よく返事をする私に唇を上げながら、有永さんは私と手を繋ぐ。手のひら全体を包み込むような、優しい繋ぎ方。

『まだ嫌なら、絶対に何もしない』

『え』

有永さん、それなりに気安く話せるお客さんだったのに……ドキドキしながら見上げると、有永さんもその仏頂面に明らかな照れの色を浮かべていた。

有永さんも嬉しいし、恥ずかしいんだ。

そう思うと、キュンとして唇が変な形に歪《ゆが》んでしまう。どうしよう、有永さん、可愛い……

キュンとしたまま口にする。……してしまった。

『嫌、じゃ、ないです……よ？』

有永さんが急に片手で眉間を押さえる。

『有永さん？』

『すまない、可愛すぎて……あざとい。可愛い。好きだ……！』

『えええ？』

なんで有永さん、こんなに好きになってくれてるんだろう。

思い出してひとり照れていると、有永さんが軽く頷く。

「実は予約してある」

「え！　ほんとですか、嬉しいです」

「宿泊するホテルのレストランで」

有永さんの言葉に、なんだかモジモジしてしまう。モジモジしすぎてなんか気持ち悪いかもしれない私を見て、有永さんが掠《かす》れた声で言う。

「可愛い……可愛すぎて死んでしまう」

私の何にそんなに悶《もだ》える要素があるのか分からないまま彼に連れてこられたのは、駅から少し離れたヨーロッパふうのホテルだった。石造りの玄関を一歩入ると、落ち着いた照明とアンティーク調のしつらえがマッチしてちょっとした旅行気分になる。

地元のホテルに泊まるなんて初めてでキョロキョロしていると、有永さんが私の手を引いてエレベーターへ歩き出す。

「あれ、チェックインは……」

「もう済ませてある」

さらりと口にされた言葉に目を丸くした。

今日は有永さん、お仕事納めだったはず。てことは、お仕事終わってすぐにここに来てチェックインして、私と合流して……

「わ、疲れてないですか」

「？　特に。今日は飛行機に乗ってもないし」

エレベーターに乗り込みながら、不思議そうに彼は私を見下ろす。

「そうだったんですか」

「昨日が飛行納めで、今日はほぼ事務仕事だったからな」

「へえ〜。飛行納めなんてあるんですか」

ああそうだ、有永さんって多分先生なんだよな。先生っていうか、教官？　あのあと「第二十一飛行隊」を検索したところ、戦闘機……？　の教育隊だと書いてあった。年齢的に生徒さんではないだろうし、きっと教官とかなのかな。ちなみに有名なブルーインパルスは第十一飛行隊なのだそうだ。あんなにくるくる回っちゃって……ああ、くわばらくわばら。

正直なところあまり飛行機の話は聞きたくないんだけれど……まあそのうち聞く機会もあるだろう、と想像して背中にフワッと寒気が走った。あんな、なんで飛んでるかも分からない鉄の塊《かたまり》によく乗れるよなあ……

「有永さんってすごいですね。尊敬します」

「……？」

不思議そうな顔をされた。

レストランはフレンチで、半地下のフロアにあった。半地下だけれど中庭に面していて、ガラス越しに中央に植えられたモミの木のクリスマスツリーが電飾に煌めいているのが見えた。有永さんが持っていてくれた私の荷物をウェイターさんに預ける。部屋に運んでおいてくださるそうだ。

コースは前菜が多めについていて、ちょっとどころかかなり嬉しくなる。キャビアが添えられたテリーヌに、牡蠣や帆立たっぷりのミニグラタンに、旬の野菜と鹿や鴨ジビエふうサラダ……が、それぞれフランス的なお洒落《しゃれ》な名前で提供される。グラニテだとかなんだとか。

「嬉しそうだな」

有永さんが頬を緩めた。どことなくホッとしている感じにキュンとする。もしかして、すっごい探してくれたのかな。「ロマンチックなクリスマス」のために……私の、ために。

私はハッとして薬指の指輪を見る。

(……これもか！)

クリスマスに、ロマンチックなプロポーズ。そのためにわざわざ用意して……！

胸がぎゅううっと締めつけられる。単純な恋愛感情というよりは、小さい子が頑張って走ったりしてるのとか、そういうのを見たときの感情に近い気がするけれど。

なんだか泣きそうになって、慌てて料理の感想を口にする。

「あ、あの、私、メインより前菜の方が好きなんです。たくさんあって嬉しい」

「肉よりも？」

有永さんは不思議そうに言う。

「男の人ってガッツリの方が好きですか」

「いや……まあそうだな。俺の場合は腹にたまればそれで」

カトラリーを綺麗《きれい》に使いながら有永さんは言う。

「有永さん、フレンチとか慣れてますか？　すごい上手……え、彼女いなかったとか嘘……？」

「嘘じゃない」

有永さんは仏頂面のまま言う。

「先週会ってもらった柴原《しばはら》司令、あの人に叩《たた》き込まれた。飛行機乗りはスマートじゃないとと」

「ああ、そんな感じの方でしたね」

イケオジというよりは、洒脱《しゃだつ》なおじ様っていう感じ。

先週、かつて有永さんの里親だった、柴原さんというとっても偉いらしい人にお会いした。なんでも現在は松島《まつしま》基地の司令官らしい。結婚すると聞いて目を真っ赤にして喜んでくれた。

里親だということだから、有永さんのことを本当の息子さんみたいに思っているのかな。

「有永さんは、柴原さんの影響でパイロットになったのですか？」

「ああ、そう……とも言えるな。いいモンに乗せてやるとコンビニで声をかけられて」

「コンビニ？」

「そのまま里子になって」

ふと有永さんが黙ってしまったので、聞かない方が良かったのかなと慌てて話題を転換する。

「あの、博多まで新幹線でごめんなさい」

「いや、構わない」

「乗り換え含めると八時間近いです……大丈夫ですか？」

ん、と無愛想なまま有永さんは頷く。

「君と一緒なら、何時間でも何日間でも喜んで。それに訓練で何時間もじっとしているのには慣れている」

「自衛隊の訓練並みにじっとはしてなくていいと思います」

私には無理です。

そんな会話をしているうちに、スープもメインもあっという間に食べ終わってしまう。あれ、私、有永さんと過ごすの好きかもしれない……って結婚までしちゃって今更なんだけれど。

デザートのケーキには花火がデコレーションされていた。思わず歓声を上げた私に、有永さんは鹿爪《しかつめ》らしい顔をして言う。

「……どうだろうか。きちんと俺は『ロマンチック』できているか？」

私は目を瞬いてから、心臓がまたぎゅううっと、トロトロになってしまう。

好きになってもらうのって、大切にされるのって、こんなに切なくなっちゃうことなんだ。

「ものすごく」

「……良かった」

ケーキ用の、小さな線香花火の金色の向こうで有永さんが笑った。

いつも笑っていたらいいのに。

そんなふうに思っちゃうくらい、普段の仏頂面からは想像できない、柔らかな笑顔。

食事が終わり、レストランを出る。

出ながら緊張する。

（……嫌じゃないって言っちゃった！）

そう、多分、する。今からする。

緊張で心臓が飛び出そうな私の手を引き、彼が足を止めたのは最上階の部屋の前だった。スイートルームらしい。カードキーでドアを開き、目線で私を促《うなが》す。

「お、お邪魔しまーす……」

薄暗い部屋に恐る恐る足を踏み入れて驚き、息を呑む。

正面には天井まであるはめ殺しの大きな窓。そこから見えるのは暖かなゴールド、その一色にイルミネーションされた仙台の夜景だった。

「綺麗……」

思わず駆け寄る。

まるで水底に星が沈んでいるかのよう。

窓ガラスから数歩下がった位置でそれを見つめる私の横に、有永さんが並ぶ。何か言うのかなと思ったけれど、無言で私をじっと見ていた。

「有永さん？」

「ああ、すまない。君が可愛かったから目が離せなかった」

ものすごく普通の顔（彼の場合は仏頂面だけれど）で有永さんは言う。私は一気に頬に熱が集まるのを感じる。

「っ、あ、有永さん……無理してませんか」

「何を」

「ロマンチック、を？　今の台詞とかっ」

「いや、今のは素直な感想だ」

不思議そうに有永さんが目を細めた。眩《まぶ》しいものを見ている顔つきに、心拍数が勝手に上がる。

本当にこの人、私なんかを好きになってくれているんだ……

俯いた私の頬を、有永さんの指先が撫でる。ふっと顔を上げると、軽く唇が重なった。ゆっくりと離れる。お互いの鼻の高さ分の距離で見つめ合った。彼の瞳から、目が離せない。

彼の無骨《ぶこつ》な指先がそっと私の前髪をかき上げた。

「死ぬまで大切にする」

額に落ちてくるキスに、そっと瞳を閉じる。

「だから、俺に恋をしてくれ」

再び唇が重なって、離れたと思ったら深くなる。彼の少し分厚い舌先が唇を割り入ってきて、私のものと絡んだ。

「ん……」

私のものと彼のものが混じりきった唾液をこくりと飲み込むと、有永さんはゆっくりと唇を離す。

それから私の口元をぺろりと舐《な》めて、私を軽々と持ち上げた。

「あっ、有永さ……そういえばっ、お風呂……っ」

お姫様抱っこされている現実が気恥ずかしくてたまらなくてそう叫ぶように言う。

有永さんは無言で唇を引き結んだまま私を大きなベッドに――おそらくは、クイーンサイズとかそれくらい――に横たえると「無理だ」と掠れた声で言う。

「ようやく君が手に入るのに。もう一秒だって待てない」

私の顔の横に手を置き、のしかかってくる有永さんの双眸は、あまりにもギラギラしていて、驚きで一瞬息を忘れた。

性欲だけじゃない、どろどろとした何かがある。

それが何かは、分からないのだけれど……

「そ、んな……んむぅっ」

噛みつくようにキスをされて、あまり可愛くない声を上げてしまう。

有永さんは私の両頬を大きな手のひらで包み込んでキスを続ける。歯列を少し分厚い舌がなぞっていって、ゾクゾクと背中に甘い痺《しび》れが走る。前歯の上の粘膜を舌先で撫でられると、くすぐったいような、でもそれだけじゃない感覚が生まれる。

(これ、何……)

蕩《とろ》け始めた思考でそんなことを考えるけれど、答えなんか出ないうちにいっそう深く口内を貪《むさぼ》られ始めた。

「ふ、ぁ」

呼吸とも喘《あえ》ぎともつかない、不思議な息が漏《も》れる。有永さんが喉仏のあたりでぐっと息を呑み、私と舌を絡め合わせてちゅうっと吸ってくる。

「んう」

うっとりしてしまう、甘い疼《うず》きが胸に広がる。舌を擦り合わせ、じきに唇の外に誘い出された私の舌を彼は柔らかく噛んだ。

「はぁ、っ」

呼吸が荒くなってしまう。息をするたびにお腹の奥が甘く疼く。

(これ、何……)

目を瞬く。下腹部が……いや、子宮が切ない。自分が欲情しているのだとはっきりと気がついた。

「や……」

とてつもなく恥ずかしくなり、きゅっとシーツを握りしめると、有永さんがハッとしたように唇を離した。

「悪い、……嫌だったか」

いつも通りの無愛想なかんばせに浮かぶ心配の色に慌てて首を振る。

「なら、怖い？」

「違、……怖くない」

答えながら不思議に思う。

どうして私はこんなにあっさりと彼を受け入れてしまっているのだろう？

ただひとつ、分かるのは。

「やめなくて、いいです」

どうしてかは分からないけれど、私は有永さんを……彼ほどではないにしても、求めてしまっているということ。

「けれど」

無愛想な顔に気遣わしげな色を浮かべて彼は言う。

「だから、そのっ……気持ちよく、てっ」

頬が熱い。きっと真っ赤なのだろう。恐る恐る彼を見上げた。

「気持ちよくて、恥ずかしくなっちゃっただけなの」

有永さんが目を見開く。それからばっと身体を起こし、さっさと服を脱いでしまう。下着まで！

鍛《きた》えられた身体つきに一瞬目を奪われた。薄暗い照明に、筋肉の陰影がはっきりと浮かぶ。

「君のも脱がせていいか」

何かに耐えるように低く言う彼の言葉に羞恥《しゅうち》で頬を赤くしながらおずおずと頷きつつ、私は明後日の方向に視線を向けていた。

（……入る？）

思わずそんなことを考えてしまう。

初めて見た、男性のそれ。有永さんのが大きいのかは分からないけれど、私のナカに入るとは到底思えなかった。

すごく痛かったらどうしよう、と頭のどこかで考えているうちに、有永さんはするすると私の服を脱がせてしまう。恥ずかしくて何度も瞬きをして、必死で胸を隠すけれど、有永さんは変わらぬ仏頂面のまま――目はギラギラとさせたまま――ブラジャーのホックを外して腕から引き抜く。微かな抵抗は、あまり意味がなかった。

ショーツもするりと太ももから引き抜かれて――同時にさらに頬を熱くする。だってクロッチがひどく濡《ぬ》れていた。

未経験でも、「女性が感じると濡れる」くらいの知識はある。だからこそ、私はキスだけで感じていたのだと、そしてクロッチがあんなに濡れてしまったのだとまざまざと意識させられて、つい目を伏せる。

「佳織さん」

有永さんが硬い指先で、そうっと太ももを撫でる。

「ひゃぁ、っ」

「痛かったり嫌だったりしたら言ってくれ。加減が分からないから」

私の膝頭を手のひらでくるりと撫でて彼は言う。こくこくと頷くと、有永さんはゆっくりと身体を倒し、私の首筋にキスを落とした。ちろりと舐められて、思わず肩を揺らす。

「甘い」

ほう、と息を吐いて有永さんは呟いた。私は首を傾げる――甘い、なんてことはないと思う。けれど有永さんはかぷかぷと私の首を甘く噛み、ほんのわずかに歯を食い込ませた。

「君っておいしいんだな」

「……？」

感慨深い声音でそう呟き、有永さんはべろりと首筋を大きく舐め上げる。

「ひゃう……っ」

有永さんは私の肩に舌を這《は》わせ、また軽く噛む。決して痛くない、皮膚を突き破るほどでも、それどころか痕《あと》をつけるほどでもないそれに、一体どんな意味があるというのだろう？

有永さんは鎖骨にも噛みつく。そうして口内で骨を舌で撫でる。

「んっ」

甘噛みされるたびに、ずくずくとお腹に情動が溜まっていく。不慣れな甘い疼きは、強いお酒にも似ていて――酩酊《めいてい》したかのように彼にされるがままになっていると、ふとびりっと強い快楽が身体を襲う。有永さんの手のひらが、乳房の先端に触れたのだ。

「あんっ」

自分から溢れた嬌声に驚いた。

媚《こ》びを含む、甘い声が勝手にまろび出たのだ。ハッとして口元を押さえた。

有永さんは腕をついて私の顔をまじまじと覗き込む。それからじっと私を見つめたまま、乳房をその手で柔らかく包み込む。

「はあ……っ」

熱く息を吐いた。

乳房の奥、心臓がどくんどくんと拍動を強めている。有永さんの仏頂面が微かに緩む。安心したかのように――そうしてその手の力を強めたり、弱めたりを繰り返した。

「ぁ、ゃっ、待っ、有永さんっ」

湧き出す快楽に思わず太ももを擦り合わせて半泣きになる。

こんな、少し触られたくらいで欲情してはしたなく喘ぐ姿を見られたくなかった。

「恥ずかしくて死んじゃう……」

「俺は君が可愛くて死にそうだ」

掠れた声で彼はそう言って胸から手を離し、代わりに胸元に顔を埋める。べろりと乳房を舐められて、ぞくりと甘い疼きが背中を走る。

「やぁ……んっ」

「気持ちよくなってくれているのが嬉しい」

そう言って彼は乳房の先端をその口内に含んだ。

「や、やぁあっ」

あまりにも強い刺激だった。舌先で包まれ、突かれ、優しく吸われる。

「あ、ぁあっ、あんっ」

シーツを強く掴《つか》み、身体をくねらせて刺激に耐える。

「も、だめ、だめっ」

「そうか？　嫌そうな声じゃない」

唇を離した有永さんの指先が脇腹に触れた。そうしてまた再び先端を彼に食《は》まれ快楽に身体を強ばらせた隙に、彼の指先はゆっくりとお臍のあたりを撫でる。そのまま下に向かっていく感触に、思わず息を詰めた。

誰にも触られたことのない場所――ゆっくりと恥骨の上を手のひら全体で撫でたあとに、彼の指が少し下に触れる。

「や、……っ」

鮮烈な快楽に、思わず腰が浮いた。

彼の指がさらに強く、そこ……肉芽を押した。

(何、これ……っ)

視界がチカチカして、強すぎる快楽から逃れようと知らず腰が動く。

私を見下ろしながら、有永さんが「はあ」と息を吐いた。

「舐めてもいいか？」

「……へ？」

答えを聞かぬままに、有永さんは私の太ももを掴み広げ、そこに顔を埋めた。

「ま、待って……ッ」

有永さんの短髪に指を絡める。

けれどそんな抵抗など無視されて、彼の熱い息がそこにかかる。

「やめ、だめ、汚い……っ」

身体をくねらせるも、太ももを掴む彼の手に力が入るだけで。

「ぁあ……っ」

彼の舌先が微かに肉芽に触れる。途端にピリピリとした電気にも似た刺激が腰まで包む。彼はそこをしばらくつついたあとに、ちゅっと吸いついてきた。

言葉どころか、声も出ない。

腰が上がり、シーツを握りしめた。

顔がぐちゃぐちゃになっているのが分かる。ちゅ、ちゅっ、と強弱をつけ何度もそれを繰り返される。

自分のナカが潤《うる》み、きゅ、きゅっと収縮しているのが分かる。下腹部、子宮のあるあたりは切なく疼き、痛みすら覚えていた。

慰《なぐさ》めてほしい、と思考の底からあぶくのような感情がぽこぽこと生まれ始める。

それとはまた別に、肉芽に与えられる快楽は波のように引いては返す。

肉芽が彼の唇に包まれて、彼の熱い息が恥骨に当たり、信じられない淫《みだ》らな息が自分が零《こぼ》れている。

「はぁ、あ、んあ……っ」

きっともうすぐ、取り返しのつかないところに行ってしまう。

その予感が快楽と入り混じり、知らず眦《まなじり》から生理的に涙が零れる。

ちゅううっ、とひときわ強く肉芽が吸われて。

「う、ぁ、いやぁ……っ」

私は自ら足を大きく開いてばたつかせ、彼の身体を蹴《け》ってしまう。けれどそれを意識して止めることはできなかった。

あまりにも、気持ちがいい。

頭の中がシェイクされたみたいにぐちゃぐちゃだ。口からは発情期の動物みたいな声が出ている。自分のナカ、粘膜が強くうねり収縮して寂しがっている。一方で肉芽に与えられた快楽は思考を真っ白に、して――

ガクッと力が抜けた。

自分の入り口がヒクヒク動いているのを頭のどこかで意識しつつ、シーツに身体を任せる。

さっきまで淫らに私の肉芽に吸いついていた有永さんの唇が、今度は慈しみ深く私の頬に落ちてくる。

「佳織さん、可愛いな」

眉根を強く寄せ、感に堪《た》える、といった風情。

「こんなに可愛いだなんて信じられない。俺を殺そうとしてるよな」

「……絶対今の、かわいく、なかったです……」

動物みたいに啼《な》いてた。

彼を軽く睨《にら》みつつ見上げると、有永さんは「少し」と表情を真面目なものに変えて言う。

「指を挿《い》れていいか？　痛かったら言ってくれ」

私はハッとして頷く。

緊張している私の頭を撫でて、有永さんは私の膝を割り開く。そうして下腹部を優しく撫でてから、私のナカに指を挿し入れた。

「んっ」

「痛いか」

慌てて首を振る。

「変な、感じは……しますけど」

答えつつ恥ずかしくなる。

ぬるつく感覚は、やっぱり明らかに私が「濡れている」証拠だった。

有永さんはじっと私の顔を見つめている。探るように動かされたあと、わずかに指が深くなる。

「ふ……っ」

身体の内側に異物が入ってくる違和感に息を吐くと、彼は指を止めて私の額にキスを落とす。

「大丈夫か？」

「は、……い」

動かすぞ、と彼は言ってナカをゆっくりと動かし始めた。そのたびにぬるついた水音が立ち、恥ずかしくなってシーツを握る。

何かを探すかのようにナカをまさぐっていた彼の指が、恥骨の裏側をくいっと押し上げる。

「あ」

思わず目を見開いた。無言で私を見ていた彼は、同じところをぐ、ぐっ、と少しだけ力を込めて押してわずかに唇を上げた。

「ここか?」

なんの話か分からず、眉を下げて彼を見る。有永さんは何度も私にキスを落としながらも、指は止めずにそこを柔らかく弄《いじ》り続けた。

そのたびに浅く、速くなる呼吸で、肺が痛い。泣き叫びそうになって唇を引き結ぶ。さっき、肉芽を吸われたのとは違う、深く湧き出すような感覚がじわりと腰を包んだ。それは細波のように寄せては返す。奥の方からごぽりと何か溢れ出す。

「ぁ、んっ、有永、さ……怖、い」

私は手を少し彷徨《さまよ》わせたあと、どうしようもなくなって彼にしがみついた。

「気持ちよすぎて、ぁんっ、怖い……っ、は、ぁ……っ、なにか、来ちゃうっ」

「佳織さん」

有永さんが真摯《しんし》な声音で私を呼ぶ。

「可愛すぎる。そんなふうにされたら、やめたくてもやめられなくなる」

「ん、っ、やめてほしくないの、でもっ」

声に涙が滲《にじ》んだ。肉襞がわななき、ゆっくりと収縮を始めている。

「はぁ、っ、有永さぁ……ん」

迷子の子供みたいに、半泣きになりながら彼を呼ぶ。有永さんの指は無慈悲なほど私の粘膜を弄り続けている。ただ、もう片方の手でぎゅっと私を抱きしめてくれた。

(安心、する……)

下腹部では暴力的な快楽が渦巻いていて、気持ちよくて、私はそれが怖くて仕方なくて……なのに彼に抱きしめられると安心する。「しっくり」する。

探していた誰かに出会ったような、そんな気分に――

「ぁぁあ……っ」

泣きながら彼の背中に爪を立ててしまう。ぎゅううっと自分のナカが彼の指を締めつけていた。肉襞は呼吸を繰り返すたびに蠕動《ぜんどう》して、涎《よだれ》のように温い水を垂れ流す。

「は、あ……」

彼の指が私から出て行った、かと思えばすぐに戻ってきた。さっきとは違う感覚に、指が増やされたのだと分かる。

「んっ」

唇を噛むと、優しくキスが落ちてくる。

貪るようなものではない、ただ重ね合わせるだけの穏やかなキス。

それを繰り返すうちに、ナカにあった指が私の内側をバラバラに蠢《うごめ》き始める。

「ふ、ぁあっ、やだ、っ」

くすぐられるような感覚に思わず腰が浮く。有永さんは喉仏のあたりで微かに笑って、ぐっと腰骨に腰を押しつけてきた。当たる硬い「何か」に呼吸が乱れる。

「悪いが、痛みがないのなら慣れてくれ。限界が近い」

苦しそうな声に、ぴくっと指が動いた。

「んっ、はぁ、あっ、有永さ、苦しい……の？」

有永さんが苦笑をたたえた瞳で私を見つめる。

「苦しい。すぐに君に入りたい――同じくらい、君に痛い思いなんかさせたくない。できるだけ解して、痛みなんか最小限にしたい」

「でも、……っ、はぁんっ」

内側がトロトロと溶け始めている感覚に陥《おちい》る。キュンキュンと肉襞が収縮し、ずくずくと子宮が甘く痛む。

その痛みに身体を操られるように、私は彼の屹立に手を伸ばしていた。

「――っ、佳織さん」

ここまで慌てる彼の声を聞いたのは初めてだ。なんだか愉快な気分になり、喘ぎながら微笑む。

「んっ、ぁんっ、有永さんにもっ、気持ちよく……っ、やぁんっ！」

指がまた増やされたのが分かる。それに足の裏にまで力を入れてしまいつつ、必死で指先に神経を集中させた。

赤黒く、大きく肉ばった、彼の先端。

そこからはトロリと露が溢れていた。それを引き伸ばすかのように手のひらで先端をこねくり回す。

「ね、有永さぁ、んっ、きもち、ぃ？」

はあはあと浅く呼吸を繰り返しながらそう尋ねると、有永さんは「ぐっ」と強く息を吐いてから口を開く。

「当たり前だろ……っ、好きな女にこんなことされて」

それから思い切り眉根を寄せて呟く。

「っ、佳織さ……っ、一度、止めてくれ」

「や、ぁっ、ですっ」

思い切って握ってみる。彼から溢れた液体を塗りつけるように数回動かすと、有永さんは微かに呻《うめ》いたあと、私を抱きしめていた腕をシーツについて身体を起こした。そうして、私の手の上から自身を握る。

「君、なぁ……っ」

その表情があまりにも淫らで艶《つや》っぽくてびっくりした。男の人も、こんな顔するんだ……精悍な眉目が歪められている。それが苦痛ではなく、快楽によるものだとはっきりと分かる表情
——ふーっ、と漏れる吐息は何かに耐え続けていて……

と、彼が屹立を握った手を動かし始める。器用なことに、私のナカを弄る指も止まらなかった。

バラバラに動き、かき混ぜるような動きをされて反射的に足が動いた。

「やぁ……っ」

「くそ、可愛すぎる、殺す気か」

そう言った彼の屹立から、ぼたぼたと何かが零れ、私のお腹に落ちてきた。それがなんなのか認識する前に、彼の指先が一番奥をぐいっと押した。

「あ」

顎が反《そ》る。有永さんは深く指を蠢かせ、ちゅくちゅくと指で抽送し続ける。

「ん、ぁっ」

私が身体をくねらせると、お腹の上で有永さんが出したそれがぬらりと動く。それを知覚しながら、私は身体の最奥をぢゅくぢゅく淫らな音を立てながら弄られるのを止めることができない。

「ぁ、ああっ」

身体が跳ねそうになるのを、ぐっと抑えられた。私から零れる水音が、こちゅこちゅと空気を混じらせたようなものに変わる。

「はぁ、あっ、ぅ」

頭の芯が痺れて、ただ悦楽を受け入れるしかできない。自ら大きく足を開き、お腹の奥でぐずついていた何かが、あぶくのように湧き出て大きな塊になった何かが、ばちんと弾《はじ》けて決壊した。

「あ――……」

自分から何かが溢れて、ぎゅうぎゅう彼の指を締めつけて、子宮がわななく。

半ば、意識は飛んでいた。

その飛んだ意識で、これが「イく」なんだなとはっきりと理解した。飢餓《きが》感を一気に満たされるそれは、信じられない快楽だった。

呼吸に甘える声が混じっている。恥ずかしいのに止められなくて、私はだらりと横たわり、視界の隅で、すっかり無愛想顔に戻った有永さんがお腹の上にあった白濁《はくだく》をティッシュで拭《ぬぐ》おうとしてくれるのを見ていた。

「悪い、汚した」

淡々とそう言って白濁を拭おうとする彼に首を傾げる。汚した?

「――汚く、ないですよ」

呟いて、そっと手を伸ばす。指先に触れたそれを少し掬《すく》ってまじまじと見つめる。少し青臭い香りに、生を感じた。

「初めて見ます……」

「佳織さん」

お腹の上の白濁を拭き、困った子供にするような声音で有永さんは言う。

「綺麗なものじゃない。手を貸せ、拭くから」

無視してべろりと舐めてしまう。

「んむ」

思っていた味とは違った。舌先が少しぴりつく。

「変な味……」

「当たり前だ」

有永さんが呆《あき》れたように私を見ながら、なぜかのしかかってくる。

「有永さん？」

「出したから少し落ち着くと思ったのに、無理だ。もう挿れたい」

「え」

視線を彼のお腹に移す。

有永さんのは、さっき出したばかりとは思えないくらいに再び大きく反りかえっていた。目を瞠ると同時に、肉襞がきゅううつっと収縮する。

本能が、あさましく彼を欲しがる。

「あんなことされたら勃《た》つに決まってるだろ……！」

くちゅ、と入り口に肉ばった先端をあてがわれる。ぬるついたそれは、思ったよりも肉めいていた。

「んんっ……！」

入り口が自然にぱくぱくと震えるように動いていた。淫らな身体の反応に羞恥で半泣きになる。

こんなふうに、なるんだ……

しばらく先端を入り口に擦りつけたあと、有永さんは大きく深呼吸して私から離れる。

「孕《はら》ませたいけどまだ孕ませたくない」

「……有永さん？」

こつん、と額を重ねて有永さんは言う。

「君が本当に俺を望んだときがいい」

そう言って、備えつけの木製のバゲージラックに置いてあったボストンバッグから何か箱を取り出し、ベッドまで戻ってきた。そうして箱を開ける——コンドームだった。ぴっと開いて、上手に屹立に被せる。

「……本当に未経験です？」

不思議そうに見返す彼に「その、上手だから」と呟いた。

それとも、男の人は誰でもこうなの？　初めてだから、分からない……

有永さんはなんということもなく「練習したから」と淡々と答えた。

「れ、練習……っ？　誰とっ」

「？」

私の頭の横に手をついてのしかかりながら、有永さんは心底不思議そうな顔をする。それから軽く眉を上げ「それは」と微かに口を動かす。

「嫉妬してくれているのか？」

「嫉妬……？」

首を傾げた私に、有永さんは少しだけ頬を緩める。

「いや、いい……練習はひとりで。他の女なんか抱こうとも思わない。多分勃たないし」

「え」

「以前は……性欲なんか煩《わずら》わしい、ただ処理するだけのもので。有り体《てい》に言えば、そういった動画なんかも見ていた。けれど君に呪われてからは君以外で反応するかさえ怪しい」

「の、呪い？」

「ああ、恋」

なんということもなく言い直して、有永さんは私に告げる。彼にとって恋とは呪いなの？　熱すぎる双眸にはっきりと浮かぶ欲と、どろどろした何か。

「好きだ。愛してる」

ストレートすぎる言葉は、トロトロ蕩けてぐちゅぐちゅになってる心臓を射抜きそうな勢いで思考を奪う。微かに頷いた私のナカに、彼は硬い熱をゆっくりと埋めていく。

「ん」

怪我をするような痛みというよりは、みちみちと押し広げられる痛みだった。眉を強く寄せた私の手を握りしめ、有永さんが息を吐いた。

(気持ち、よさそう……)

彼の顔を見てそう思う。

その瞬間、ふと気が抜けた。なんて可愛い人なんだろうと、そう思ってしまった。

自然と唇が上がる。多分、笑みの形を描いていた。

有永さんは私を見下ろして息を吐き、目を細める。

「愛してる。君をもらっていいだろうか」

「……大事にしてくれるなら、あげます」

いつだかの絵本のようなことを言って、私は彼の背中に手を回す。有永さんは私をそっと抱きしめて、そうしてぐっと腰を進めた。

「ぁ、あ……っ⁉」

身体の内側が、押し拡げられていく感覚。内側からの圧迫に、思わず彼にしがみつく。有永さんはそっと私のこめかみにキスを落として頭を撫でてくれた。

「大事にする。誰よりも、何よりも」

そう言って一度腰を引いてから、再び奥に向かってゆっくりと腰を進めた。

「っ、あ」

痛みで、意識せず涙が零れる。それを有永さんは丁寧にキスで拭って、小刻みに腰を進めては引いた。できるだけ私が痛みを感じないで済むように、と気遣ってくれているのが分かる。

そのうちにぐぐっ……と最奥が満たされる感覚がして、細く息を吐いた。そっと彼を見上げると、有永さんは壊れ物みたいに私に触れる。

「きつくないか？　全部入った」

きついけど、きつくない。

満たされたという充足感は、やけに幸せな感覚を私に与えていた。笑って頷くと、有永さんは何度もキスを落としてくる。頭に、おでこに、鼻に、頬に、唇に、こめかみに。嬉しくて仕方ないかのように。

「幸せだ、とても」

有永さんはそう言って私の髪を撫でる。ひとふさ手に取り、キスを落としてはさらりと離し、また手に取ってはさらりと離し――どれほどそうしていただろう。

（あ、ひく、ついて……）

ナカに埋められた太い屹立が、時折ぴくりと動く。そのたびに肉襞がキュッ……と痙攣《けいれん》し、うねるのが分かった。そうすると、有永さんは息を呑みほんのわずか、眉を寄せる。

（耐えて、くれてる……）

私が痛くないように、慣れるまで動かないつもりなのだろう。

思い切って、そっと腰を動かした。

「っ、佳織……！」

「有永さん」

私は彼の両頬を包み、ゆっくりと微笑んでみせた。

「動いて、いいですよ」

「けれど」

「大丈夫」

入り口が引きつれる痛みはまだ生々しいけれど、内側はゆっくりと馴染《なじ》んできていた。痛みが引くにつれ、またあぶくのような快楽への渇望が湧いてくる。

「あの、ね……お腹の奥が、切ないんです」

「切ない？」

「痛いくらいきゅうってして」

はあ、と息を吐きながら彼にしがみついた。

「慰《なぐさ》めて……」

有永さんが息を呑み、その呑んだ息をふうっと吐き出してからゆっくりと腰を引く。自分の肉襞が「出て行かないで」と言わんばかりに彼のに縋《すが》りつき、吸い付いたのが分かる。

「……は、可愛すぎか」

有永さんはそう言ってからぐっと今度は腰を進める。奥に優しくとん、と当たって、それだけで私は「くぅ」と変な息を吐いてしまった。

気遣わしそうに有永さんが私の頬を撫でる。

無愛想なかんばせにありありと浮かぶ心配の色に——胸をかきむしられるような感情を覚えた。

大切にされてる、大事にされてる。

それがはっきりと分かって苦しい。

「きもち、ぃ」

「そうか」

優しい声で彼は言って、またゆっくりと抽送を繰り返す。

本当は——多分、彼は思い切り動きたいのだと思う。シーツについた手が、ぎゅっと握りしめられているのは、その衝動に耐えているから……

「ふ、っ」

有永さんが、忍ぶように息を吐いた。

「ぁ、無理しないで、っ、はぁ、っ、好きに動いて……っ」

思わずそう言うと、彼は軽く目線を上げる。

「私、っ、あなたの好きにされたい」

薄暗い照明の中、有永さんの喉仏がごくりと動くのが見えた。彼は無言で私にキスを落とし、ゆっくりと首を振る。

「少しでも痛みがあるのなら、ダメだ」

そう言って肉芽をぐっと潰してくる。私は腰を上げ足を跳ねさせた。

「やぁあっ」

「十分気持ちいい、俺は――君にも気持ちよくなってほしい」

「あ、はぁっ、私、きもちぃ、ですよっ」

「もっと」

はぁ、と有永さんが息を吐く。

獰猛《どうもう》な獣《けもの》のような息だった。この上なく彼は優しいのに、私をどこまでも追い詰める――気が、した。

「あ……っ」

彼の屹立がゆっくりと、しかし力強くずるずると肉襞を擦って動く。恥骨の裏側の浅いところを肉ばった先端が押し拡げ通ると、甘い電気のような痺れがぐちゅっという水音と一緒に溢れる。奥を優しくぐっと押し上げられると、信じられないほど淫らな快感で頭の中まで蕩けて波打つ。

はあ、と彼が息を吐いた。ぽたんと汗が落ちてくる。私の肌も汗でしっとりと湿っていた。

「佳織さん、綺麗だ」

感に堪えない顔で、声で、彼は言う。

私の内側を淫らに蹂躙《じゅうりん》し、肉芽を押しつぶし、頬にキスを落とす。

「ぁ、だめ、来る、来ちゃうっ」

強すぎる快楽の予感から逃れようと、身体が跳ねた。そんな私を彼はぎゅうっと抱きしめ、身体ごと押しつぶすようにしながら、それでもゆっくり、ゆっくりと絶頂に導く抽送を続ける。

「も、むり、だめ、イっちゃう、っ」

有永さんの肩にしがみつき、半狂乱になりながら叫ぶ。身体の内側を彼がぬるついた水を纏《まと》わせながら何度も動き、子宮を押し上げた。

「ぁ――……ッ！」

痙攣し、収縮し、蠕動して彼を締めつけぬるついた淫らな液体を自分からぼたぼたと溢れさせる。

同時に、彼の屹立が別の生き物のようにびくんとナカで吐き出しているのが分かった。有永さんが低く掠れた息を吐きながら、ぐっぐっと腰を押しつけてくる。

「は、ぁ……」

それすら気持ちいい。とろんとした意識で彼を見上げると、有永さんと目が合う。

彼は無言で私にキスを落としてきた。

何度も、何度も……

まるで感謝するみたいに。

翌朝、始発の新幹線に乗りたどり着いた博多は、思ったよりも寒かった。

「あれぇ……九州なのに」

「日本海側だからな」

ちらつく雪の中、オフィスビルが立ち並ぶ博多駅前でバスを待ちながら有永さんは言う。日本地図を思い浮かべ、それもそうかと納得した。

少し彼が身体を動かす。風が遮《さえぎ》られて、私は彼を見上げた。チャコールグレーのシンプルなコートの彼は、いつもよりずっと難しい顔をしているように見えた。

バスで三十分ほど行った、福岡市の真ん中あたりにあるらしい市の共同墓地に有永さんのお母さんは眠っている。冬の空を覆《おお》い尽くす濃い鼠色《ねずみいろ》の雲からは、時折、小さな氷の粒のような雪片が落ちてくる。

「最初は」

霊園の前にあった花屋さんで買った菊の花束を持ち、有永さんは前を向いたまま言った。墓石ではなく、霊園事務所の横にある屋内、共同の納骨堂だった。ずらりと並ぶ小さなプレートに名前が書いてある。印刷されたものじゃなく、プラスチックのプレートに油性ペンで名前が書かれたものだった。消えかけているものもある。

「金を貯めて墓を買って、ここから母を出そうと思ってた。けど」

有永さんの表情は変わらない。

「たまたま、……父親の名前を見つけて」

「お父さま、の？」

有永さんは微かに頷き、お母さんのプレートに触れる。

「多分、母はここにいた方が幸せだ。寂しがりだし、俺と同じだから」

「同じ……？」

何が同じなのかは、彼はそれ以上口を開かなかったから分からない。

シンと冷えたリノリウムの床。お線香の香りだけがあたりを揺蕩《たゆた》う。

「あの人は幸せだ」

断言するように彼は言う。泣いているように思えて見上げるけれど、相変わらずの恬淡《てんたん》とした無愛想な顔だった。

「……」

「どうした？」

不思議そうに有永さんが私を見下ろす。室内なのに息が白い。

「なんでもないです」

そうか、と有永さんは呟いてお供え台に菊の花を供える。手を合わせる彼の横で、私も手を合わせた。ふっと目を開き、顔を上げる。彼はまだ手を合わせていた。

目の前にあるのは無機質なプレートだけ。書かれた油性ペンの黒、これは彼の字だ。

それを見つめながら、腹を決める。

お義母《かあ》さん、あなたはどんな人だったのでしょう。直接会うことはできなかったけれど、きっと素敵《すてき》な人だったんですよね。

誓います。

私、有永さんを家族として愛します。

これが恋かは分かりません。ときめきみたいなのはあるけれど、過去の恋と違いすぎて名前がつけられてないんです。

正直なところ押し切られて結婚したし、勢いだったし、同情……も少しはあったかもしれません。でも、それでも、一生そばにいて、離れません。

どうか見守っていてください。

「……佳織さん」

低い声が降ってきて、私は目線を上げた。

「どうした、渋い顔をして」

「渋い顔？」

「猫のフレーメン反応のような」

「なんですかそれ」

「君が俺を猫派だというから、少し猫について調べたんだ」

「はあ」

「猫は臭いものを嗅《か》いだときにそんな顔をしている」

「あっ、あの変な顔！　そ、そんな顔してません」

「していたぞ？」

せっかく人が色々と決意したというのに、この人は、この人は！　もう！

「お腹空きました！」

「博多まで戻って、ラーメンでも食うか」

そう言って歩き出す有永さんの腕にしがみつく。そう、人前でだってイチャつくカップルみたいに。

「……!?」

目を見開き私を見る彼に笑ってみせる。

「寒いから、くっついてましょう」

有永さんは少し黙ってから、ゆっくりと、ほんの少し、頬を緩めた。

「そうだな」

そう言って彼はゆっくりと歩き出す。

納骨堂を出ると、切れた雲間から光が差し込んでいた。

「あ、天使の梯子《はしご》」

「そう言うのか？」

「そう言うんですよ」

へえ、と口の中で彼は呟く。

ぴゅうと風が吹くけれど、ふたりぴったりくっついていれば、きっとそんなに寒くない。

4（翔一視点）

　ランニングシューズがアスファルトを蹴《け》るいつも通りの音が、やけにリズミカルに聞こえる。一月四日、飛行初めの今日。多分、俺は浮かれている。

　午前六時二十分《0620》にゲートをくぐり、ランニングウェアから制服に着替えてブリーフィングルームに向かった。簡素な椅子《いす》に座った一番機パイロット、飛行隊長がこちらを見て「おっ」と口角を上げる。

「よう！　新婚」

「おはようございます」

「まさかアルが結婚とはなあ」

　パイロット用のＴＡＣネームでそう言われて、緩みそうな唇を引き締めた。

　パイロットにはＴＡＣネームという呼び名がある。戦術上、パイロットを識別するためのコールサインだ。名前と関係があったり、出身地と絡めたものだったり、はたまた似た芸能人由来だったり、とさまざまだ。

　ちなみに俺の「アル」はここに配置された際に柴原《しばはら》さんがつけた――星の名前「アルタイル《飛翔する鷲》」のアル、らしい。Ｆ―１５《イーグル》由来かもしれない。鷹がいいとごねたが笑って「郷に従え」と一蹴された。

アルタイルは夏の大三角のひとつだ。和名は「彦星《ひこぼし》」。

「今日、奥さんお前んちに引っ越してくるんだって？」

「はい」

そう、今日帰宅すると佳織《かおり》さんがいる。

「それで機嫌がいいんだな」

「……」

隠しきれていなかったらしい。無言で椅子に座ると他のメンバーも出勤してくる。なんとなく生ぬるいというか、揶揄《からか》いたいけどどうしようという雰囲気《ふんいき》を感じてくすぐったい。

と、ひょいっと顔を出したのは佳織さんのお父上、寺島一等空曹《てらしまいっとうくうそう》だった。席を立ち頭を下げようとすると「職場なので」と丁寧に諭される。

「上官が簡単に頭を下げるもんじゃありません」

「まだ勤務開始時刻ではないので」

「お堅いなあ……まあだからこそ佳織をもらってもらったのですけども」

フヒヒヒと独特な笑い方をしてから、彼は続けた。

「いやあ、ひとり娘でしょう。色々と心配していたんですが、一番心配していたのがあいつの面食い具合ですよ。ご存じですか」

「……アイドル顔に弱い」

「そう！　そうなんです！」

寺島一曹は眉をこれでもかと寄せて力説する。

「小学生……いや幼稚園の頃からもう、顔だけみたいな男に熱を上げてまして」

「そうですか」

そこまで筋金入りとは知らなかった。

「付き合う男付き合う男みなろくでもない。最高ね、四股されていたんですよあの子は。お相撲さんじゃないんだから」

自分で言って寺島一曹はクスクス笑う。……ああ、四股を踏むとかけているのか。俺の反応は特にどうでもいいらしく、彼は続ける。

「口を出しすぎて最近は何も教えてくれなくなっていましたが、そうなると余計に心配で。いつ変な男を連れてくるかと戦々恐々としていたわけですよ」

そう言われて、挨拶《あいさつ》に行った日の剣幕に納得した。竹刀《しない》を振り回していたものな。

「それが有永三佐《ありながさんさ》でしょう。真面目だって評判だし、エリートだし、女遊びしてる感じもない。もう諸手《もろて》を挙げて賛成ですよ。あいつがまた顔だけ男にふらつく前に、さっさともらってもらえてよかった」

ウンウンと寺島一曹はひとり頷《うなず》く。なるほどな、と内心苦笑した。

「佳織さんが余所見しないよう、誠心誠意夫として努めさせていただきます」

「そう言っていただけてどれほどありがたいか……あ、九州土産ありがとうございました」

それを言いにきたんですと笑って、寺島一曹は再び変わった笑い方をしつつ廊下を歩き去って行った。

0640《マルロクヨンマル》には気象予報士の資格を持つ隊員から天候についての連絡事項を受ける。飛行機という乗り物は一般的に考えられている以上に天候の影響を受けやすい。『あんなに重そうな機体が？』と言われることもあるが、ジャンボジェットですら風に流される。そのためパイロットは風力三角形――つまり、どれだけ風に機体が流されるか――を瞬時に計算しつつ操縦桿を握っている。

「……三佐。奥さんどんな方ですか」

天候ブリーフィングが終わり、興味を隠しきれなかったらしい四番機の川合《かわい》がもぐもぐとプロテインバーを齧《かじ》りながら聞いてくる。俺もコンビニで買ったサラダチキンを口に運び「天使」と答えた。

「……は？」

川合がぽかんとする。

「聞こえなかったか？　天使だ」

サラダチキンを嚥下《えんげ》した。

ちなみにこれは朝食ではない。朝はしっかりと食べてきている。パイロットは身体が資本だ。空腹だとGに耐えきれない場合もあるし、何より万が一機体トラブル等で海上で遭難した場合、一食食べておくかおかないかが生死を分ける。「空腹でフライトはしない」というのは陸海空全てのパイロットの共通事項だと思う。

「天使て……」

呆《あき》れる川合にふっと笑ってみせた。川合がギョッとしてプロテインバーを取り落とす。

「遅れるなよ」

言いながら立ち上がり、装備庫へ向かう。血液が足元に下がるのを防ぐ耐Gスーツを身につけた。Gというものは全身に満遍なくかかる。つまり血液もまた、数倍の重さになる。必然重力は地球に引かれ足元へ向かう——と、脳への血流が減る。するとG—LOCと呼ばれる失神状態となり、そうなればもちろん助からない。墜落するからだ。

それを防ぐため、腹から下を締めつける耐Gスーツを飛行服の上から身につけることになる。圧縮空気を腹から太ももに送り締めつけることで、強制的に上半身に血液を集める。血圧計と似た仕組みだ。

さらに救命胴衣とメタリックブルーのヘルメットを身につける。ヘルメットには逆さまの「5」の文字——俺が五番機パイロットだからだ。五番機は演目で背面飛行が多いため、このようなデザインになっていた。

配属前に五番機《エース》だと聞いたとき、正直なところ耳を疑った。少なくとも、過去に防大卒の五番機パイロットはいないはずだった。航空学校卒がずらりと並ぶ、エースが乗る機体。

柴原空将補《くうしょうほ》の婚外子だから、なんて噂《うわさ》があったらしいがすぐに収まった。悪いけれど飛行技術では誰に負ける気もしない。

すでに格納庫《ハンガー》から出された機体へ向かうと、冷える宮城《みやぎ》の冬空の下、整備士の諏訪《すわ》二曹《にそう》が唇を尖《とが》らせて待っていた。

「アルさんおめでとう。でもひどいです、僕にも秘密にしてましたね」

四十手前の彼は整備畑一筋の「職人」だ。柴原さんが現役だった頃にも整備を担当していたらしい。とはいえブルーインパルス用に改造されたT―4の整備は二年目――彼ら整備員もまた、展示飛行部隊のために全国から召集された精鋭《せいえい》だ。

「秘密にしていたわけじゃありません。急に決まったので」

ラダーに足をかけながら答える。諏訪さんは「ぶう」と子供みたいに声を上げる。

「女の影が全くないって柴原さんも心配してたけどさ、まあ〜やることやってんですね。寺島さんの娘さんでしょ？　紹介とかあったんですか？」

「いえ、たまたま」

肩をすくめて整備記録のファイルを確認してから、計器のチェックを始める。

やがてキャノピーが閉まり、強化ガラス越しに空を見上げた。雲ひとつない、綺麗《きれい》な冬空だ。この時期の松島らしく、風だけが強い。現在時刻は０８０３《マルハチマルサン》。０５《マルゴ》には訓練が開始される。

『Blue Impulse,Start engine,Check』

無線からのリーダーの声に『Five』と返答する。双発のジェットエンジンが腹に響く――練習機であるT―４は、F―１５《イーグル》とはかなり違う。低空での演技飛行のため、小回りが利くよう改造された機体。

『Hello,Matsushima Ground』

『Hello,Blue Impulse! This is Matsushima ground. Go ahead』

一番機《フライトリーダー》が管制塔とやり取りして離陸許可を得る。管制塔によれば風速は18ノット、代替飛行場《オルタネート》は百里《ひゃくり》。

『Roger.Mission go,Blue Impulse. Hello Matsushima tower,Ready for takeoff』

管制官からの離陸許可が出、一番機からの『Canopy Check』に「5 in position」と無線に返す。

まず離陸するのは一番機から四番機。

空の四番機から無線が入る。『OK. Ready』——隊形が整った合図だ。

五番機の俺は滑走路を超低空飛行から一気に——ほぼ垂直に——約750メートルまで急上昇する。ゴッとシートに押しつけられながら小さくなっていく地上を視界の隅に入れた。

こうなると、いつも解き放たれたような気分になる。空に邪魔なものは何もない。しがらみさえも。

「ふぅ、っ」

今日の午前訓練は金華山《海上》だ。

煌《きら》めく紺碧《こんぺき》の海は遥《はる》か眼下。

一日に三度ある飛行訓練、生まれて初めて「早く終わればいいのに」と考えた。

帰宅すると、マンションの窓に電気が点《つ》いている。落ち着かなくて息を大きく吐《は》いた。白い息が空気に溶ける。

「どうするべきか」

部屋の前まできて、少し逡巡する。

鍵で開けるべきか？　いや、インターフォンを押すべきなのか。散々迷って結局自分で鍵を開けた。

「っ、お、おかえりなさい……っ」

失神するかと思った。濃いグリーンのエプロン姿で、佳織さんがキッチンから出てくる。

「お疲れさまです」

深々と頭を下げられて、反射的に俺も頭を下げる。

「戻りました」

ただいまなんて何年も言っていないから、うまく言えなかった。

１ＬＤＫの部屋のリビングに、段ボールが積まれていた。

「ごめんなさい、片付かなくて」

「いや、疲れただろうに食事まで悪かった」

「とんでもないです」

やや照れて、佳織さんはエプロンを弄《いじ》る。ひたすら可愛い人だなとしか思えない。

夕食は煮込みハンバーグだった。人参が猫の頭の形になっている。

「うまい」

「本当ですか」

楽しそうな佳織さんを見ると本当に嬉《うれ》しくなる。

年末の墓参り――もとい福岡《ふくおか》旅行を経て、佳織さんは随分と俺に心を開いてくれてきていると思う。彼女の「弱いところ」も随分と学習した。

「そういえば、お義父《とう》さんに会った」

「アッソウナンデスカ」

途端に声が固くなる。とにかく飛行機が大嫌いらしいのは不思議だ。親子仲も——俺にはよく分からないけれど——悪くはなさそうなのに。

「聞いてもいいか？　どうして飛行機が嫌いなんだ」

「お父さんのせいなんです」

佳織さんはそっと箸を置き、綺麗な眉を寄せて続ける。

「あの人がなんの仕事をしてるのかは知りませんが——小さい頃、家で資料を集めていたことがあって……あ、機密とかじゃないと思いますよ。普通の新聞と、雑誌の記事だったので……」

「新聞記事？」

「古今東西の飛行機事故の記事です。それ見てしまって、もう怖くなっちゃって……しかも、それを事細かく説明までされたんですよ！」

「けれど、客観的に見れば自動車なんかよりよほど安全な乗り物じゃないか？」

少なくとも旅客機はそのはずだ。だけれど佳織さんは顔を真っ青にして首を振る。

「自動車はまだ助かる可能性ありますけど、飛行機はほぼ死ぬじゃないですか」

「……まあ」

言いたいことは分からないでもない。

「その上、そのあと家族旅行に連れて行かれて。沖縄《おきなわ》ですよ、飛行機ですよ」

佳織さんは必死で言い募る。

「しかも、乱気流に巻き込まれて……これは後で誤作動だって分かったんですが、酸素ボンベのマスクっていうんですか、黄色いやつ。あれが天井からばーってぶら下がって落ちてきて！」

「なるほど」

それはよほど怖かっただろうな、と思う。

「そんなわけで」

へにゃりと笑う彼女は、本当に飛行機が苦手なようだった。……よく結婚してもらえたな、俺。

ちなみに佳織さんのお父上、寺島一等空曹は現在は航空路図を作成する隊にいる。前述の切り抜き云々《うんぬん》は、その前の任務での話だろう。

ごくりとハンバーグを嚥下しながら思う。

（……何はともあれ）

とにかく、仕事の話は家では厳禁だ。

俺は心にそう刻み、世界一美味しい煮込みハンバーグをいそいそと口に運んだ。

風呂を上がると、佳織さんがソファで猫みたいに丸まって眠っていた。可愛い。

ラグに座り込み、ソファの佳織さんの顔を覗《のぞ》き込む。すう、すう、と規則的な寝息が聞こえる。

閉じた瞼《まぶた》、長いまつ毛が綺麗だ。彼女の肌は雪みたいに白いけれど、東北の女性はみんなそうなのだろうか。それとも佳織さんが特別なんだろうか。

そっとわずかに血の色を透かす健康的な頬に触れる。親指で撫《な》でると、小さく彼女が笑った。

「起きてるのか？」

声をかけてみたけれど、返答はない。返ってきたのは、やはり規則的な呼吸。胸をかきむしられるような感情で息苦しくなる。

そっと抱き上げてベッドに運ぶ。

ひとりで眠っていたベッドに、佳織さんがいる。ずっと誰かと眠るなんてあり得ないと思っていた。彼女の横に滑り込み、そっと抱きしめた。

温かい。

鼻の奥がツンとした。

さらさらの髪の毛に顔を埋める。俺の使っているシャンプーの匂いがして、やっぱり俺は苦しくて仕方ない。


さてお義父さんにも約束した通り、誠心誠意夫として努めなくてはならないし、何より佳織さんに約束した。『ロマンチックな結婚生活にする』と。

なのに、なぜ俺は猛吹雪の中にいるのだろうか。

横でモコモコのコートに身を包んだ佳織さんが「わー」と鼻と耳を真っ赤にして言う。雪片、と言うには大きすぎる雪の塊《かたまり》が風に吹かれぶつかってきていた。

「こういうの久しぶりですー」

「……こういうの？」

「吹雪」

何が楽しいのか、佳織さんはクスクスと笑った。

ことの発端は「そもそもロマンチックとはなんなのか」という難問に頭を抱えた俺に、隊長がくれたアドバイスだった。

『……どうした、怖い顔をさらに怖くして』

『ロマンチックとはなんだろうと考えていました』

『ロマンチック……？　ああそういえば、ぽいイベントのチラシ来てたぞ』

渡されたのは仙台近郊の温泉地でのイルミネーションイベントのチラシだった。イルミネーションと言っても、ＬＥＤ電球ではなく蝋燭《ろうそく》だ。雪でかまくらを作り、それを何万本ものステンドグラスの灯籠《とうろう》や、雪に飾られた蝋燭で彩るらしい。

『これは……ロマンチックですか』

『さあ知らん。ロマンチックじゃないのか』

『おそらくそうです』

これはきっと『ロマンチックなやつ』だ。

俺はチラシを穴が開かんばかりに睨《にら》みつけた。これには万難を排し、是非とも参加しなくてはならない。

二月初旬、結婚が決まりすぐさま購入し、先週に納車されたばかりのSUV車で山あいの渓谷の橋を渡る。ちなみに佳織さんの希望は『車体が丈夫なやつ』だったので、そこにはかなりこだわってドイツ車だ。

「あ、結構こっち雪積もってますね。帰る頃、降らないといいけど」

助手席で佳織さんが外を見ながら弾《はず》んだ声で言ったから、俺は心臓のあたりがぽかぽかする。彼女が喜ぶと、信じられないくらい嬉しくなる。

着いた先は老舗《しにせ》の温泉旅館だ。露天風呂付きの客室、部屋食ランチ日帰りプランで予約した。

「わあ、素敵」

通された客室で、佳織さんが無邪気《むじゃき》に笑う。真新しい畳の匂いがする部屋だった。突き当たりにはガラスの折り戸があり、その先には岩造りの露天風呂が見える。竹の囲いで外から覗けないようになっているそこは、外気が冷たいせいか、白い湯気が霧のようにけぶっている。植え込みの南天に雪が積もっていた。

「気持ちよさそー……寒い日に入る露天風呂って、別格ですよね」

俺は曖昧《あいまい》に頷《うなず》きつつ──そもそも温泉旅館なんか初めてだ──脳にメモを書きつける。佳織さんは冬の露天風呂が好き。

たまたまとはいえ、連れてこられて良かった。

中居の女性が部屋の説明をして出て行ったあと、すぐにランチが部屋に運ばれてくる。

「すっごい美味しいです！　連れてきてくれてありがとうございます」

佳織さんはタラバガニの茶碗蒸しを食べながら、俺を見上げてニコニコと笑う。

「いや、……少し早いがバレンタインのプレゼントだ」

「バレンタイン……！」

佳織さんが目を瞬《またた》き、それから困ったように視線を右往左往させる。

「ご、ごめんなさい。私なにも」

「いいんだ。日頃の礼だから」

「お礼していただけるようなことは、何も……家事も中途半端だし」

そう言って佳織さんは眉を下げた。俺は首を傾《かし》げる。

「？　存在してくれているじゃないか」

「そ、存在だけで？」

「とてもありがたい。それに俺も君も働いているんだ、家事はお互い様だろう」

佳織さんはきょとんとしたあと、ゆっくりと微笑《ほほえ》んだ。それから「でも」と続ける。

「春に新しい人が来たら、退職しますから。そうしたら家のこと、もう少し頑張りますね」

「だから頑張らなくていいんだ」

存在自体が尊いというのに……

ランチが終わり、佳織さんがあからさまにソワソワしだした。内心で首を横に捻《ひね》る。一体、どうして……

「……風呂か」

呟《つぶや》いた途端、びくん！　と佳織さんが肩を揺らす。俺は小動物めいた彼女の動きに苦笑しつつ続ける。

「心配するな。見られたくないのなら露天風呂の方は見ないから」

俺はそう言って「なんなら目隠しでもしようか」と提案すると、慌てたように彼女はブンブンと首を振る。

「ちっ、違います。その、違って、あの、有永さ……っ、えっと」

佳織さんは小さな手で口元を隠し、頬を林檎のように真っ赤にしながら少し上目がちに俺を見た。そうして思い切ったように口にする。

「しょ」

「しょ？」

首を横に倒しつつ答えを待つと、佳織さんは今度は耳や首まで真っ赤にして言った。

「翔一《しょういち》さん、一緒にお風呂、入りませんか……っ」

彼女の言葉を、脳がうまく処理できない。

「……今」

「え？」

「今、俺の名前」

声が少し震えていたかもしれない。

好きな人が、俺の名前を呼んだ。ただそれだけで。

「あ、はい。その」

佳織さんがわずかに目を逸《そ》らす。

「……嫌、でした？」

「そんなわけあるか」

俺は立ち上がり、座卓を回って彼女の横に座る。

「君は知らないんだ。俺がどれだけ君を愛してるか——名前を呼ばれただけで、どれほど幸せになれるか」

「お、大袈裟《おおげさ》な」

「大袈裟なんかじゃない」

全くそんなことない。

抱きしめて、小さな頭に頬ずりする。佳織さんは俺の胸に身体を預ける。そうして小さく微笑む気配がした。

「名前呼ぶだけでいいんですか？」

「？　ああ」

「忘れてませんか」

佳織さんは再びの上目遣いで——無意識だろうがめちゃくちゃに煽《あお》られる——可愛らしい唇を動かす。

「お風呂、は……」

「もちろん入る」

言葉を被せるように即答した。


——そうして。


「ふ、はぁ、っ、違ッ、翔一さんっ」

佳織さんは俺に背後から貫かれ、喘《あえ》ぐのを我慢しながら必死で言葉を紡《つむ》ぐ。

「こ、こういうことのために誘ったんじゃ、ぁんっ、ない……っ」

できるだけ小声でと努めるその努力が、かえって淫《みだ》らな息遣いになっていると気がついていないのだろう。

彼女の腰を掴《つか》み、動くたびにばちゃばちゃと湯面が揺れる。「初めて」から一ヶ月と少し、彼女の身体は俺に慣れてきていた。多少の激しい行為が、快楽に繋がるとお互いに学習するくらいには
——まあ、ほぼ毎日ヤってるからだろう。彼女の身体は貪《むさぼ》っても貪っても足りない。おいしすぎて死んでしまう。

「そうか、悪かったな」

「悪いと思ってない、はぁんっ、でしょおっ」

本当に佳織さんが嫌がるなら俺だってこんなことはしない。けれど、一緒に温泉につかって触れ合っているうちに、お互いどうしようもないほど盛《さか》ってしまっていたのだ。コンドームを持ってきておいてよかった。

「ね、しょーいち、さんっ…はぁっ、えっちしてるの、バレちゃうう……」

情けなさを含む、けれど艶《つや》のある淫らすぎる声で佳織さんが言う。ぐっと屹立にさらに血液が巡るのが分かる。

「ぁ、なんでおっきく……んんっ！」

「君が可愛すぎるのが悪い」

粘膜をズリズリと屹立で擦り上げて何度も奥まで貫く。肉襞が蠢《うごめ》き、ぐちょっ、と温《ぬる》い液体が彼女から溢れる。……たまらなかった。

「翔一さ、あんまりっ、激しく動かないで」

バレちゃう、と必死で佳織さんが言うから、俺は動きを止めて背中から彼女を抱きしめる。そうしてぐっ、と最奥を屹立で抉《えぐ》った。

「ふ、ぁっ⁉」

「ばちゃばちゃ音をさせたらダメなんだろう？」

耳殻を噛《か》みながら耳元で言う。

屹立の先端は彼女の一番奥、子宮の入り口をぐうっと押し上げていた。

「は、ぁ、あ」

佳織さんがびくびくと身体を痙攣《けいれん》させる。ナカの肉厚な粘膜がぎゅうっと俺を締めつけてわななないた。

「ぁ、あ、だめ」

「言われた通り動いてないのに」

納得できない、と呟きながら彼女の形のいい耳を舌と歯で味わう。とてもおいしい。いい匂いがするし、甘い。丹念に耳の溝を舐《な》め、軟骨を噛《か》み、穴に舌をねじ込む。

「ふぅ、うっ——！」

片手で彼女の口を覆《おお》い、わずかに腰を引いてから強く最奥を突き上げる。ぐり、ぐりと先端で奥をかき混ぜると佳織さんの声に涙が混じる。

「うう、ふぅ、っ、ふー……っ」

俺を咥《くわ》え込んだ肉襞が蠕動《ぜんどう》し収縮する。蕩《とろ》け落ちそうなほど熱い粘膜は、充血し潤《うる》んで俺を放さない。何度も強く繰り返される収縮に、彼女がイってしまったのだと分かる。

そのうねりに任せて、俺もコンドーム越しに吐精した。ぐりぐりと塗りつけるように動かすと、「ふぁ、あ」と可愛らしく佳織さんが啼《な》く。

肉襞がヒクつく様子に、知らず唇が上がった。「イってるのにイける」から女性はすごい。大変そうでもあるけれど。

コンドームを外し、力を抜いた彼女を抱え上げ、膝に乗せて温泉につかった。

「あったかい……」

俺の肩に頭を預け、陶然とした声で彼女が言う。俺は頷きながら彼女のうなじにキスを落とした。

曇天からはちら、ちら、と雪粒が落ちてきていた。

「あー……温泉のこういうの、好きです」

「綺麗だな」

彼女が言っていた意味を実感する。汗をかいて冷えた肌に、熱い湯が染みる。寒い日の温泉は、確かに別格なようだった。

佳織さんがいるから、かもしれないけれど。

「そういえば、翔一さんはどうしてそんなに筋肉鍛《きた》えてるんです？」

軽く振り向き、ぺたぺたと俺の胸や腕に触れながら言う。

「ウチのお父さんなんか、ゆるふわおじさんなのに……健康診断でいつも怒られてるのに」

「職種が違う、というか……俺はパイロットだから」

俺はどこまで飛行機の話をしていいのか、少し迷いながら口を開く。

「俺が乗っている飛行機、が」

言い淀んだのに気がついたのか、佳織さんは俺を見て苦笑する。

「ごめんなさい、気を遣わせて。翔一さんが戦闘機？　練習機？　そういうのに乗ってるのは知ってます」

さすがに俺の職種は知っているか、と頷いて先を続ける。

「Gって分かるか？」

「Gがかかるとかはたまに聞きます。ジェットコースターとかで。私、乗りませんけど」

「どうして」

「危ないからです」

キッパリと言われて目を丸くする。

佳織さん、飛行機恐怖症というよりは、単純に怖がりなのかもしれない。なんだそれ可愛いな。

「……簡単に言うと、自分の体重と同じだけの力がかかってくる。2Gなら二倍、3Gなら三倍。エレベーターに乗っているときにぐっと押さえられたり、逆に浮遊感があったりしないか。あれはGが強くなったり、逆に弱くなったりしているからだ」

「へえ？」

「エレベーターでプラス0．05Gくらいだと思う」

「ふうん？　なら翔一さんが乗っているような飛行機だと？」

「最高9とか、場合によるともう少し」

佳織さんが目を丸くした。たじろいだせいでお湯がぱしゃりと揺れる。

「翔一さん9人分？　危なくないの」

「危ない。場合によっては意識が飛ぶ」

佳織さんは温泉で温まっているというのに顔色をなくす。しまった怖がらせた。

「大丈夫だ、そのために鍛えてる。予防として血液が下がらないようなスーツも着るけれど、筋肉で血液を上半身に、特に頭に向かわせることができるように」

「……？」

「筋肉は血液を送る際のポンプがわりになるんだ。例えば、足にむくみが出やすい人はふくらはぎの筋力が足りていない」

「あ、筋肉が足りなくて血液が上に上がらないってことですね、ふふ、私そうかも」

「良くないな。一緒に走るか？」

素敵《すてき》な提案だと思ったけれど、佳織さんは「フーン」と曖昧《あいまい》に目を逸《そ》らした。運動は好きではないらしい。

「健康に悪いぞ」

「す、スクワットとかにします」

「それもいいな。一日十回程度でも十分に効果が期待できる」

「続くかな……」

佳織さんは「絶対に続かない」と表情で語りながら、少し居心地が悪そうに身を捩《よじ》る。

「……ん」

「どうした」

「あの、さっき翔一さん、イってない……でした？」

妙にカタコトの日本語になりつつ彼女は言う。

「ん？」

「えっ、と、気持ちよくなかった……？」

不安そうに佳織さんが言うから「まさか」と抱きしめ直す。

「ちゃんとイった。また勃《た》っているだけ」

ぐいっと腰に屹立を押しつけ、佳織さんの柔らかな乳房を手で掴むように揉む。

「ぁ、んっ」

「イルミネーションイベントが始まるまで、まだ時間があるだろう？」

ぺろりと耳の裏を舐めながら言う。

「つと、えっと、そうですけどっ」

真っ赤になっている彼女は、今から何をするかおおむね予測がついただろうと思う。

「悪いが付き合ってくれ。煽ったのはそもそも君だしな」

「煽ってないですっ……！」

「もう十分温まっただろ」

俺は佳織さんを縦抱きにして抱き上げる。

「ひゃぁっ」

火照《ほて》った身体は、温泉のせいか、さっきまでしていた行為のせいか、これから行う情事への期待か。

「それに、運動になるんじゃないか？　スクワットを続ける自信がないのなら、俺と運動しよう」

「し、しない」

「しないのか」

ちゅっと肩にキスを落とすと、ぴくりと身体を震わせて彼女は言う。

「……する」

素直でよろしいと唇を上げ、俺は彼女を部屋に運んで組み敷いた。

イルミネーションイベントは盛況なようだった。蝋燭の火で橙色《だいだいいろ》に照らされたかまくらの中では温かい飲み物が提供され、ステンドグラスの灯籠や雪の結晶のプロジェクションマッピングが辺りを彩っていた。

「わー……！」

佳織さんがキラキラした瞳をして両手を組み、辺りを見回す。正直、生まれて初めてガッツポーズを決めたいと思った。こんなに喜んでくれるだなんて思わなかった。

「綺麗！　綺麗！　翔一さん、かまくら行ってみましょう、かまくら！」

彼女の方から手を繋いで俺を引っ張る。胸にじぃん……とくる感動を顔に出さないように気をつけつつ、一緒にかまくらに入った。

かまくらの中は、照明を雪が反射して眩《まばゆ》いくらいに明るい。真ん中のこたつの天板には、黒猫のぬいぐるみとタブレットが置いてあった。

「あはは、可愛い」

佳織さんは「こたつで丸くなる」と口ずさみながら靴を脱ぎこたつに入ると、タブレットでメニューを開き「なんにしようかな」と首を傾《かし》げた。俺もその横に座り、こたつに足を入れた。温かい。

「どれも美味しそう……この、ホットココアに猫のマシュマロ浮いてるの、可愛くないです？」

俺は頷いた。正確には佳織さんがそれを飲んでいるところが可愛いんじゃないかと思う。

「翔一さんは」

佳織さんがくっついてくる。反射的に額にキスをした。

「わっ」

額を押さえる彼女の頬は真っ赤。好ましくて愛おしい。

「可愛かったから」

「へ、変なこと言ってないで……翔一さんはこっちのわんこ乗ってる方にします？」

わんこ乗ってる方、というのはホワイトココアに黒いマシュマロの犬が乗っている飲み物だった。

「……いや、その」

甘いものは、と言いかけた俺に「あ」と佳織さんは手を叩《たた》き言う。

「ごめんなさい、翔一さんったら猫派。なら私がわんこの方にしますね」

ニッコニコと佳織さんは注文を決めてしまった。まあなんでもいい、佳織さんは可愛いから。可愛いは正義だ。

ドリンクが運ばれてきて、佳織さんは写真も撮らずに喜んで口をつける。なんとなく、女性というものは食事の写真を撮るものだと思っていたけれど。

「あ、写真忘れてた」

ココアを飲みながらぽつりと佳織さんが言う。

「ココア欲に負けた……」

がっかりしたように彼女が言うから、俺の猫ココアを差し出すと喜んで写真を撮る。撮ってどうするのだろう、と思っていると俺の写真も彼女は撮る。

「起きてる翔一さんの写真、一枚目」

ふふ、とスマホを見て彼女は言う。俺は軽く眉を上げた――『起きてる』？

「実は、翔一さんの寝顔とか結構撮ってたり」

俺の表情に気がついて、佳織さんは照れたように笑う。

「なぜ」

「えっ、翔一さんの寝顔なんか可愛くて」

俺は目を瞠《みは》る。

「可愛い……？」

佳織さんはこくこくと頷きながらフォルダを見せてくれた。俺の寝顔は予想通り可愛さは皆無だが、なるほど……

まさか同じ行動を取っているとは思わなかった。俺のスマホにも彼女の寝顔が大量に保存してある。ただ引かれる量だと思うので、絶対にバレてはいけない。なんなら動画もあるしな。

「可愛くはないと思う」

「そんなことないですよ」

「多少はアイドル顔か？　……ああ悪かった、君のアイドル愛を揶揄《やゆ》するつもりじゃなかった。撤回して謝罪する」

まさかそんなに怒ると思わないだろう……

「そんなにね！　常にね！　眉間に皺を寄せてるアイドルなんていないんです！　夢と希望とキラキラをくれるんですよ！」

両手を握りしめて力説された。俺は眉間を軽く揉む。

「常にはしてない」

「比較的してます！　怖い顔～。笑ってたら可愛いのに！」

マッサージ！　と彼女が華奢《きゃしゃ》な指で俺の顔を揉む。ヤバイくらい幸せで、表情が蕩けそうなのを必死に耐えた。

「なんで逆に力入るの」

むくれ顔で唇を尖らせる佳織さんこそが本当に可愛い。


氷でできた遊歩道を進むと、一番奥に雪像が設置されているらしい。佳織さんが興味を示したので一緒に歩き出すと、ほどなくして急に雪が降ってきた。

「わ、ぼた雪。市内も降ってますかね」

「どうだろうな」

遊歩道脇には白いステンドグラスの灯籠がぽつりぽつりと置いてある。ほのかな明かりの中、手を繋ぎ、ゆっくりと落ちてくる雪の下を並んで歩く。

「しかし、かまくらなんて初めてだ」

「私もあんまりないですよ」

太平洋側である仙台や基地がある松島は、それほどの大雪になることは少ない。もちろん東北なりに雪は降るし、気温も低いけれど――

「福岡は雪、積もりますか？　年末はチラッと降ってましたね」

「場所によるが、滅多に。１センチも降れば、市内はバスが動かなくなるな」

「１センチで？」

「ショッピングモールなんかも早く閉まるぞ」

「１センチで⁉」

日本って長細いですねえ、と佳織さんが驚いたあたりで、ぴゅうっと風が強くなる。

それはすぐに横風になり、あっという間に吹雪いてきてしまった。

「わー、こういうの久しぶりですー」

「こういうの？」

「吹雪」

やはり吹雪なのか。

俺はぼんやりと目の前を横切る雪片を見る。灯籠の灯があるから、迷いはしないとは思うけれど。

前方から歩いてきたオレンジ色の防寒ジャケットを着たスタッフが、「すみません」と眉を下げた。

「ちょっと吹雪いてきちゃったもんで、今日はもう雪像の方、立ち入りをご遠慮いただいてます」

「そうですかー」

残念でしたね、と佳織さんが俺を見て目を細めた。

「また来よう」

そう言うと、佳織さんは嬉しげに繋ぐ手に力を入れる。

駐車場に向けて少し歩いたところで、佳織さんの歩くペースが落ちてきた。

「大丈夫か」

「だ、大丈夫です、ふうっ、東北人の誇《ほこ》りにかけてこれくらいの吹雪……っ」

足元を見れば、少しふらついている。

「もしかして、吹雪とは関係なく、俺が疲れさせたんじゃないか」

「そ、そんな直接的に言わないで……っ」

佳織さんが顔を真っ赤にする。

「あ、あんな体勢、生まれて初めてだったんだもの……っ」

あんな体勢、の佳織さんを思い出しつい頬が緩む。ハッとして佳織さんが俺を軽く叩いた。

「しょ、翔一さんのエッチ。変態。そういうときだけよく笑うっ」

「否定はしない」

そう返答しつつ、彼女をひょいと抱き上げる。

「きゃあっ」

「責任取ってこうして行こう」

「やだもう恥ずかしいですっ」

ばたつく彼女を抱えて歩き出す。しばらく抵抗していた佳織さんだったけれど、しばらくして「ふっ」と笑い出した。

「佳織さん?」

「ふふ、楽しいなあって」

吹雪いても綺麗、と彼女が見る方に目をやると、雪で霞《かす》んだ視界の向こうに、かまくらと灯籠の灯が幻燈のように浮かんでいた。

「綺麗だな」

「ね、とっても素敵です」

君はすごいな、と俺は言いかけてやめる。どんな状況でも素敵なものを見つける彼女の、そんなところが大好きだったけれど、うまく口にできるとは思えなかった。

上機嫌らしい佳織さんを運びつつ、うまく「ロマンチック」するのは難しいな、とこっそり眉間に皺《しわ》を寄せた。

まさか吹雪いてくるとは。今後はきっちりと気象条件にも気を配らなければ……

車にたどり着き、佳織さんを助手席に乗せてから運転席へまわる。

「運転するのは難しいな。少し様子を見てから行くか」

エンジンをかけてから天気予報アプリで確認すると、もう十五分もせずに風が収まる見込みだった。

「りょーかいです……翔一さん」

佳織さんが助手席の方から身を乗り出し、ちゅっと頬にキスをした。

思わず頬を押さえる。佳織さんが、キスをしてきた。佳織さんから。佳織さんが俺にキスを！

あまりの僥倖《ぎょうこう》に頭が混乱する。

「今日、ありがとうございました。すっごく楽しかったです」

見れば、駐車場の照明で薄暗い車内、幸せそうに微笑む彼女がいた。

「……喜んで、くれたのか」

「？　めちゃくちゃ喜んでませんでした？　私」

俺は彼女をひょいと抱き上げて自分の膝に向かい合わせに乗せ、ぎゅうぎゅうと抱きしめた。

「わ、翔一さん、苦しいっ」

「悪い。佳織さんが愛おしすぎて死ぬ……」

クスクスと笑いながら、彼女は嫋《たお》やかな手で俺の頬を包む。そうして唇が重なった――彼女の唇を舌で割り、温い彼女の口腔を味わっていく。

「……ゃ、ぁ」

はあっ、と肩で息をしながら彼女が言う。

「誰かに見られちゃう……」

「吹雪いているし、暗いから車の中なんか見えない」

ガラスも曇っていて好都合。……佳織さんにとってはどうか分からないけれど。

「ん……」

太ももを撫で上げ、膝立ちにさせる。ワンピースの裾をたくし上げ、下着ごとタイツを下ろすと、ぴくっと肩が揺れた。

足の付け根に指を這わせ、俺は思わずくっと笑う。しとどに濡《ぬ》れそぼった彼女の入り口は、すでに欲しがってひくついていた。

「人のことを変態だなんだとよく言えたよな。車で触れられて、こんなふうにして」

「だ、だって」

恥ずかしげに彼女が俺に抱きつく。そっと指を挿《さ》し入れると、佳織さんは背中を反らして「ぁあっ」と高く啼《な》いた。

「声は響くかもしれないぞ、俺は構わないが」

「ぁ、やだ、も、……んんっ」

一本の指に健気に吸いついてうねる肉襞に、さらにもう一本を挿し入れる。くぱっと拡げてみれば、悲鳴を我慢するかのような淫《みだ》らすぎる声を上げ、俺の肩に顔を埋めた。

「はぁ、ぁっ、あっ」

「拡げているだけなのに」

指を広げては閉じ、広げては閉じ、を繰り返すと彼女のナカからぼたぼたと温《ぬる》い粘液が零《こぼ》れ落ちてくる。

「面白いなこれ」

「面白、く、なぃ……っ」

瞬間に、ぎゅうっと彼女の肉厚な粘膜が指を締めつける。温かくぬるつきながら痙攣するそれをかき分け、最奥のこりっとした部分、おそらくは子宮口を指で摘《つま》んだ。

「や、イ……っ、てるのにぃ……っ」

佳織さんが強く強く俺にしがみつく。イっている彼女のナカを、それでも指で弄《いじ》り続けていると、佳織さんは俺の首筋にキスをしてべろりと舐め上げながら言う。

「も、指、ヤダ。挿れて」

「何を」

「や、ぁんっ、翔一さんの」

「俺の何」

ね？　と必死で佳織さんは俺の股間に手を伸ばす。ジーンズの中、すでにガチガチになっているそれはそんなわずかな刺激ですら気持ちよくてイってしまいそう。

「いじわるっ」

「変態なんだろ」

「翔一さんのえっち、変態、ぁんっ、ばかっ」

このままだと佳織さんの可愛さとエロさが最大値を突破して理性が崩壊して、何か手荒なことをしてしまいそうだった。そうしてしまいたい欲を抑えつつ指を抜き、鞄《かばん》からコンドームを取り出す。

俺がベルトを緩めコンドームを装着し、……と準備している間、スイッチが入ってしまったらしい佳織さんは俺の首に腕を回し、顔中にキスの雨を降らせる。……こういうのいいな。なんだか相思相愛みたいだ。

きっとまだ、佳織さんは俺にそんな感情を抱いていないけれど。

軽く目を伏せ、彼女の腰を支える。

「そのまま腰、下ろせるか？」

「ん……」

こくりと頷き、彼女は自分から腰を落とし、俺のものを飲み込む。

ぬぷぬぷと佳織さんのトロついたナカに挿入《はい》っていく屹立。今日何回精を吐き出したか分からないそれは、それでも佳織さんを目の前にすると血液を廻《めぐ》らせ熱を持った。

「はいっ……たぁ」

目の前で佳織さんが微笑む。たまらなくなって腰を掴み突き上げた。

「あ」

短く叫《さけ》び、佳織さんが顎《おとがい》を上げる。ぎゅうっと肉襞が俺に食いしばらんばかりに締めつけた。うねり、痙攣する肉厚で蕩ける粘膜に包まれ、先端から溶けてしまいそうなくらい気持ちが良かった。

「ふぅ、……っ」

息を吐《は》いてイってしまいそうなのを誤魔化し、佳織さんの腰を掴み揺する。

「は、はぁっ、ぁんっ、ぁあっ」

ぐちゅぐちゅと接合部から水を纏《まと》った摩擦の音が零れる。最奥まで届いている先端に、彼女の肉襞が吸いついて絡みつき、痙攣を繰り返した。佳織さんの首筋にじんわりと汗が浮かぶ。

「気持ちいい……っ」

佳織さんは激しく抽送されるのも好きらしいが、こうやって奥をぐりぐりとされるのは大好きらしい。奥の方で子宮口が下がって来ているのが分かる。素直な身体の反応が、イヤらしくて好ましい。

「可愛い身体だな」

ついそう呟くと、蜜を浮かべたようなトロリとした瞳のまま彼女が首を傾げる。ふっと笑って少し激しめに揺すると、あっけないほど彼女はあっさりとイってしまう。

「ぁああ、あ、あっ」

明らかな発情と快楽の入り混じった声に恍惚《こうこつ》としつつ、彼女の首筋にごく柔く噛みついて肌を舐める。汗でしっとりした肌はいい匂いだし、やっぱりおいしいと思ってしまう。腰を揺らしながらかぷかぷ噛んでいると、唐突にギュウウっとナカの肉がまた締まった。

「今のでイった？」

耳元で囁《ささや》くと、彼女は俺の肩に顔を預けて「ん」と呟いた。

「噛まれてイくなんて、やはり人のこと変態なんて言えないよな」

薄暗がりでも分かるほど、佳織さんの耳朶は真っ赤だった。

愛おしい、と思う。俺は彼女の腰から手を離し、そっと抱きしめ直す。

「ん……っ」

びくんと佳織さんが震える。

顔を上げさせ、唇を重ねた。重ねたまま、この感情の百分の一、いや千分の一でいいから、彼女の中に恋慕が生まれることをただ祈る。

どうか俺に恋をして。

車の外、吹雪く風はその速度を緩め始めていた。

5

洗濯物を干していると、空に飛行機が見えた。松島《まつしま》基地の近くに住んでいるから、毎日のように見かけるブルーインパルスの飛行機。ハートを描いたり、丸を作ったり……をあまり直視しないようにしながら洗濯物を干し終わった。

「ああ手に汗……」

視界に入るだけで怖い。脇と背中にも冷や汗をかいていた。

「翔一《しょういち》さん、あんな怖いのに乗らないでくれていたらいいんだけれど」

そういえば今はどんな仕事をしているんだろう？　相変わらず「教官」なのかな。いやまあ、具体的にはあまり聞きたくないんだけど、たまに出張とかで何日か帰らないときがある。

そんなことを考えながら小さくくしゃみをした。まだ冷える。四月に入りようやく春めいてきた空は、水彩画みたいな潤《うる》んだ水色だった。

その数日後、翔一さんのお休みの日。七月に結婚式を挙げることになった私たちは、打ち合わせを終えて式場のあるホテルを出た。仙台《せんだい》駅近く、クリスマスに宿泊したホテルだ。私はここの雰囲《ふんい》気《き》がすごく気に入っていたし、翔一さんも同じようだった。

ホテルから駅まで手を繋いで歩きつつ、私は彼を見上げて口を開く。

「柴原《しばはら》さん、喜んでくれて良かったですね」

私の言葉に、翔一さんは唇の端をくすぐったそうに少しだけ上げた。翔一さんの高校時代の里親、柴原空将補《くうしょうほ》夫妻が結婚式で新郎両親席に座ってくれることになったのだ。

「柴原さんもパイロットだと聞いてましたけど」

ああ、と翔一さんは頷いた。

「そうなんだ。すでに引退してるF4という戦闘機のパイロットで、かなり腕が良かったらしい――何度か映像を見たことがあるけれど、あの機体であの動きはすごすぎる」

そこまで話したあとにハッとして翔一さんは唇を結んだ。父親自慢みたいで、ちょっと気恥ずかしくなったのかもしれない。

「憧れのパイロット?」

「……そう、かも、な」

むず痒《がゆ》そうに視線を明後日に向ける。可愛くてついにやついてしまった私の頬を、むにっと翔一さんは摘《つま》む。

「ふふ、ごめんなさい」

「いや――」

翔一さんがそう言ったときだった。

「あの、有永三佐《ありながさんさ》」

ふたりで振り向くと、小柄な女性が立っていた。ベリーショートの髪、大きな目を彩るばちばちのまつ毛にピンクの唇。小動物めいた、二十歳くらいの可愛らしい女性だった。

職場の人かな、と小首を傾《かし》げている私をチラッと見たあと、その人は白い手帳を翔一さんに差し出した。

「すみません、ここにサインいただけますか？」

サイン？　と目を瞬《またた》く私の横で、翔一さんは「応援ありがとうございます」と無表情なまま唇を動かした。そうして白い手帳の表紙にサインをする。なんだか手慣れていた。

サイン……？　自衛官って道行く人にサインするの……？

「ありがとうございます！　……その、そちらは」

「……妻ですが」

「え!?　うっそ、いつご結婚……」

女性にじっと見られて居心地が悪い。とりあえず頭を下げるとその人は軽く眉を上げ私から目線を翔一さんに移す。

「今度のフライトも楽しみにしてます！　芦屋《あしや》の航空祭ですよね！　行こうと思ってて、えっと、福岡《ふくおか》だし、遠いけど」

「そうですか。ありがとうございます」

淡々と言う翔一さんを見ながら、私の中で疑念がもくもくと育っていく。

あれ、翔一さん……のお仕事、は……第二十一飛行隊、つまり訓練部隊の教官なんじゃ……？

「あたし、それくらいブルーインパルス、大好きなんです！　特に五番機、ていうか有永三佐はかっこいいって思っ」

「えええええ！」

私はその女性の言葉に被せるように叫《さけ》んでしまった。ふたりがギョッとして私を見る。

「しょ、翔一さんブルーインパルスなんですかっ」

「……佳織さん？」

「い、言ってくれてなかった」

「……？」

めちゃくちゃ不思議そうに翔一さんは私の顔を覗《のぞ》き込む。

「言わなかったか？　第十一飛行隊」

「嘘《うそ》だ、二十一って言いませんでしたか」

私の聞き間違い!?　聞き直さなかった私も悪いけれど、ていうか私が悪いんだけれど、それにしたって、あ、あんな危険な……毎日くるくる回ってる、あんなわけの分からない飛行機に私の旦那さんは乗ってるの！　あの飛行機に！

てことはこの女性はブルーインパルスのファンの方！

パニックになっている私は、ファンの女性が冷たい目線を向けていることに気がつかなかったのだった。

仙台駅近くのカフェでフレーバーティーを三杯くらい飲んだ私は、ようやく落ち着いて翔一さんの顔を見ることができた。

フランスにあるティーメーカー直営のこのお店は、小さいながらも落ち着いて読書できるから私のお気に入りだ。もちろん紅茶の味も別格で美味しくて、その分お値段もする。そんなお店の紅茶なのに、味もほとんど分からなかった。

「悪かった」

翔一さんは私の手をテーブルの上で握り、眉を下げる。

「秘密にしていたつもりはなかったんだ。知っていると思っていた」

「……いやまあ、そうだと思います」

お父さんだって航空自衛官だ。当然話題にされていると思っていただろうし、そういえばお父さんは翔一さんを「エース」だとも言っていた。あまり教官を「エース」とは呼ばないだろうと思う。

「こっちこそ、ごめんなさい。取り乱して……まさか、翔一さんが、あんな」

ぶるっと背筋に寒気が走って、泣きそうになる。あんな危ない飛行機に乗ってるなんて思ってなかった。涙目になった私の目元を、何回も翔一さんは拭う。

「心配させて悪い。けれど、佳織さん。これだけは知っておいてくれないか」

真剣で、熱を孕《はら》んだ瞳と視線を重ねる。

「俺は空では死なない」

「……翔一さん」

「操縦技術なら誰にも負けない。だから心配しないでくれ」

「……」

気圧されるように、なんとかこくんと頷《うなず》いた。翔一さんが私の手の甲を指の腹で何度も撫《な》でている。

「……応援、とか、は……無理、です」

「構わない。むしろ、俺が嫌われないか、と」

ぱっと顔を上げた。

「嫌う!?　そんなはずない。私は……怖いだけです。飛行機が」

翔一さんはこくんと頷いた。

「もうこの話は終わりにしよう。俺がどんな仕事をしていようと、君は関わらなくていい」

翔一さんは「もちろん」と頷いてくれたけれど、私は……半分、自分に問いかけていた。

本当に私、それでいいの。

「……本当に?」

怖がって逃げてるだけで——


翌日のことだった。

近所のスーパーでお肉を見ていると、「有永さん」と声をかけられる。顔を上げた先に、昨日の女性がいた。

「……あ」

「こんにちは」

にっこり、と彼女は笑う。私は慌てて頭を下げた。

「き、昨日は変なところをお見せしてしまって」

「いいえいいえ、全然構いません」

ふふふ、と歌うように彼女は続けた。

「まさかブルーのエースの奥様が、こんなに自覚のない方だなんて思わなかったから」

「……自覚？」

「自覚ですよ。夫を支える自覚」

言われて目を瞠《みは》る。

「自分の夫の仕事も知らないだなんて、びっくりしました、あたし」

「……そのっ、それは」

「夫に興味がない？」

「そんなんじゃ」

「てことは彼に本命がいるのもご存じないんですよね」

「……？」

頭が殴られたような気分になって、私はただ彼女の綺麗《きれい》な顔を見つめ返した。

本命？

「あは、やっぱり知らないんだ。ファンの間では、その人とご結婚されるんじゃないかって噂《うわさ》まで出ていたのに」

ふら、と足元がぐらつく。

まさか。あんなに私のこと好きで、愛してくれて、大切にしてくれている彼に、……本命？

嘘だ、と思うと同時に頭の中で誰かに否定される。

あなたは彼の仕事さえ把握していなかったのに、彼の感情を理解できているつもりなの？

何も言わない私に向かって、女性は続けた。

「米軍の女性パイロットですよ。三佐よりひとつ歳下で、三佐が米軍に訓練で派遣されていたときに親しくなったらしいです。ブルーはインタビューされることもよくあるけれど、必ず彼女の話題が出るし、プライベートでも仲良くされてるって聞いてた。……もっともその方、本国でご結婚されたらしいけど。だからですかね、三佐が突然結婚されたのも」

私は息を呑《の》む。

「……その方が、ご結婚されたのって」

「詳しい時期は知らないけれど、去年だったと思いますよ」

翔一さんの唐突すぎるプロポーズ。それは、失恋を忘れるためだけのものだったとしたら。

『失恋を忘れるには新しい恋が一番だと聞いた』

あの日、プロポーズされたあのお店で、翔一さんが言っていた言葉を思い出す。

「……まさか」

そう言った私に、その人は勝ち気に唇を上げた。

「以前インタビューで有永三佐が彼女について聞かれて、『俺は彼女の眼中にも入っていないので、眼中に入れるように頑張ります』って答えてたんですよ？」

「そんなわけないです。めっちゃくちゃ、私たち、ラブラブなんでっ」

失礼します！　と叫んでお肉のパックをカゴに突っ込み踵《きびす》を返した。早足でレジに向かい、走ってお店を出る。

やだやだやだやだ、変な話聞いた。

信じない、あの翔一さんがそんなこと、そんなはず。信じないぞ。


分かっているのに、お腹の奥で何かいけないものがぐるぐるしている。

それが嫉妬だと気がついたのは、彼が帰宅したのにご飯も何もできていないことに気がついてからだった。

「佳織さん。大丈夫か」

翔一さんがリビングの椅子《いす》でぼうっとしている私の頬を撫でる。

「体調でも悪いのか？」

「悪くない」

「ならなんで……俺が何かしたか」

「してない」

「佳織さん」

少し、責める口調だった。

「言ってくれないと分からない。どうしてそんなに悲しい顔をしているんだ」

一方的に怒られている感じがした。

私はお腹の中の嫉妬のぐるぐるに負けないようにしてるのに。こんな苛烈な感情は初めてだった。全然制御できなくて困る。

分かってる。こんなの怒ることじゃない。

でも翔一さん、プライベートでも仲のいい女性がいるなんて、教えてくれなかった！　結婚の噂までされるくらい仲のいい女性がいるなんて、他の女の人の口から聞きたくなかった！

そんな子供じみたヤキモチがついに溢れてぼたぼたと涙になってしまう。

「佳織さん」

翔一さんがこの世の終わりのような声になる。

「何があった、俺、何した」

「何もしてない！」

何も教えてくれない！

……違う、私が知ろうとしてなかった。分かってる。分かってるのに。

「佳織さん」

「ごめんなさい、寝ます」

呟《つぶや》いて寝室に向かう。とにかく眠って冷静にならなければ。

ぽすんとベッドに横になると、翔一さんが追ってきて私を抱きしめる。ぎゅーっと腕の中に閉じ込めて、信じられないくらい細い声で言う。

「……俺が嫌になった？」

私はブンブン首を振る。それからハッとして起き上がった。

「晩ご飯」

「そんなのどうでもいい。佳織さん」

「だめ」

翔一さんはお腹いっぱいにしてあげていないと。パイロットだから。明日から彼は福岡へ出張なのだ。出張、ってことは展示飛行があるということ。

立ち上がりキッチンに向かう。翔一さんが追ってくる。

肉野菜炒めを作りながら、私は呟いた。

「翔一さんは悪くないの。私が、ちょっと……」

ちょっとなんだろう？

ヤキモチ？

……そもそもなんでヤキモチ、を？　翔一さんのことは家族として愛するとは決めたけれど、でも……私の好きな男の人のタイプとは、かけ離れすぎているはずなのに。

「ちょっと？」

優しい声で翔一さんは言う。いつもの何倍も気遣ってくれている声音に、安心感で心臓がふわふわ包まれる。ちゃんと愛されてるって、そう思う。思うのに。

「ごめんなさい」

翔一さんは、謝る私をぎゅうっと抱きしめる。愛おしそうに頭に頬ずりしてくれる。これが愛されてなくてなんなの。

分かっているのに、ぐるぐるが消えてくれなくて困る。

「また聞かせてくれ。落ち着いたらでいいから……」

翌朝、私はちゃんと笑顔でお見送りできたし搭乗前の軽食だって渡せた。

でもキリキリと気にかかる。モヤモヤを抱えたまま、翌日の夜になってしまった。

もし、私が拗《す》ねてたせいで翔一さん、心配になって明日の演技に集中できなかったらどうしよう？

ベランダから数日前に見かけた、別の飛行機とギリギリですれ違うパフォーマンスを思い出す。

あんなの、失敗したら……

ゾワゾワと背中に変な虫が這《は》い上るような、嫌な予感で頭がいっぱいになった。

「ちゃ、ちゃんと謝ろう」

顔を見て、拗ねてごめんなさいって言おう！　なんかヤキモチ妬いてしまったのって伝えよう……！

「……ええっと」

私はスマホを取り出して、ブルーインパルスの展示飛行の日程を確認した。明日、午後一時から福岡にある航空自衛隊の基地のお祭りで行われるパフォーマンス……これだ。でも行ったところで会えたりするの？　うまく話せる自信もない。

と、ホームページの下の方にある文字に目が留まる。『会場で応援してくださる皆様へ』。内容は至って普通のことで、観覧マナーをお守りくださいとか、立ち入り禁止エリアには入らないようにしてくださいとか……

「おう、えん」

小さく呟く。

そう、ファンの方に紛れて「元気ですよ！　応援しにきましたよ！」アピはどうだろうか。ちょっとは安心してくれるに違いない。すっごい怖いけど……最悪演技は見なくても……いや、気になって見ちゃうかな……

とにかく拳《こぶし》を握りしめ、応援グッズ作りに取り掛かった。応援といえばグッズだ。大きいのは邪魔だろうから、小さめのやつ。無意識に「ペンラ何色……」と考えてて自分が怖くなる。アイドルじゃないぞ翔一さんは……と、そこでようやく気がついた。

「……ん？　間に合う？」

今日はあちらへ向かうのは無理だ。終電も終わっているし、明日の始発で……始発で？

震える手でスマホの画面を何度もスクロールする。細く息を吐《は》いた。

どうやら、やるしかないようだった。

乗るしかない。飛行機に。

清水《きよみず》どころかドバイの高層ビルから飛び降りる覚悟で決済ボタンをタップした。ヒィ、と悲鳴が漏《も》れたのは仕方ないと思う。

翌朝、朝イチの仙台空港—福岡空港のチケットを取った私はぶるぶる震える足で搭乗ゲートへ向かう。

「お、お客様？」

「は、はひっ」

「ご体調が……？」

「大丈夫でございますっ」

緊張しすぎて自分のキャラ設定がユルユルだ。ヒイヒイ言いつつ乗り込んで、ゴォーというエンジンの音が頭に低く響く飛行機の席に座る。

窓が小さい。天井を見上げた。幼少期のトラウマがボワッと頭に蘇《よみがえ》る——激しく揺れる機内。響く悲鳴と、落ちてくる黄色い呼吸器のマスク。凄惨な写真でいっぱいの、お父さんのスクラップブック……ぎゅっと手を握り、薬指の婚約指輪をじっと見つめる。これをくれた翔一さんを思い出す。

そう、私は彼に会いに行く！

福岡空港駅から博多《はかた》行きの地下鉄に乗り込んだとき、私はもう数年分のエネルギーを使い果たしていた。

「帰りは……絶対……陸路通る……」

呟きながらシートにもたれかかる。もう何回泣き喚《わめ》きそうになったか……

在来線に乗り換えたあたりで、ようやく精神が回復してきた。現在正午。ギリギリ間に合っただろう。

お祭りということで、駅から「自衛官募集！」と大きく車体に書かれたシャトルバスが出ていた。親子連れや、航空ファンらしい一眼レフを抱えた人たちと一緒に乗り込む。

この中のどれくらいがブルーインパルスのファンなのかな？　と斜め前に座る男の子の帽子がブルーインパルスのグッズだと気がついた。こんな小さな子にも応援されていると思うと、なんだか誇《ほこ》らしいような気分になった。

会場の案内板に沿って、展示飛行の会場へ向かう。数日前に会ったファンの女性の印象から、てっきり女性ファンでいっぱいのアイドルのコンサート会場的なのを想像していたけれど、実際は全然違った。

「おかあさーん、トイレ」

「ええっ、いい席せっかく取ったのに」

バスで出会った親子連れが慌ててトイレへ向かって走っていく。

「レンズ変えました？」

「そうなんですよ、妻に内緒で」

三脚にとんでもなく望遠なカメラを設置し楽しげに笑うおじさんふたり組は、私のすぐ横でレンズのチェックに忙《せわ》しない。

そのほかに、基地の近所の方らしい夫婦連れや、家族が基地《ここ》で働いているのかもしれないつまらなさそうな顔の高校生、なんとなく来たから飛行機でも見て帰ろうか、って感じのカップルなど、さまざまだった。金髪でツーブロックの一見いかつい彼氏の方が、熱心にパンフレットを眺《なが》めているのがなんだか微笑ましい。

そんな中に混じって、黄色い声をあげている女性もちらほらいて安心する。私が変に目立つと、翔一さんも恥ずかしいと思うし……

私の横の、望遠カメラを携えたおじさんふたり組が「あっ」と声をあげた。

「無線聞こえますか」

そう言ってひとりがワイヤレスイヤホンを押さえる。

「いけますいけます。ふっふっ、なかなか展示飛行の無線傍受はできませんからねえ。嬉《うれ》しいなあ。おっ、出てくるみたいですよ」

おお、無線。そんなことまでしてるの……いいの？　と思っているうちにスピーカーから音楽が流れ、ブルーの飛行服を着た男の人たちが背筋を伸ばし、足並みを揃えて歩いてくる。向かって左から二番めに翔一さんがいた。ほかの人より、頭半分くらい高い。私には……まだ、気がついていないみたいだった。

『ただいまより～』

男性の声で放送が始まる。

そうして隊員さんたちがずらりと並んだ白と青の飛行機に行進を始めた。一番機から順に名前と出身などを紹介され、そのまま飛行機に乗り込んでいく。

『四番機、スロット、カワイコウスケ一等空尉《いっとうくうい》！　航空学生第〇〇期、鹿児島《かごしま》県出身！』

翔一さんはこの次だ！

私はバッグから小さなうちわを取り出した。応援といえばうちわだ。「有永三佐バーンして」と「安全運転」の手作りうちわ……今更だけど安全運転ってなんなの。車じゃないんだから！

そして気がついた。周りはそんなことしてない。

「うちわ？」

「うちわだ……」

「気合がすごい」

ヒソヒソと言われて全身が熱くなる。

ああ、完全に……ミスった。

言い訳させてもらうと、本当にアイドル会場みたいなのを想像してしまっていたのです！　ごめんなさい翔一さんっ……！

横のおじさんたちが爆笑しながら私を見る。

「えっお姉さんすごいね！」

「有永さんのファンなの？」

「ううっ、ファンというかなんというかっ」

嫁です。

そうは言えずに、うちわに半分顔を隠して翔一さんを見つめる。

『五番機！　リードソロ、有永翔一三等空佐《さんとうくうさ》！　福岡県出身！』

飛行機の横の梯子《はしご》に脚をかけた翔一さんの視線がこっちに向けられた。目が合った気がして、申し訳なさに肩をすくめつつ軽くうちわを振る。

翔一さんは脚をかけたまま、しばらく動きを止めた。そうしておもむろに、私に向かって左手を伸ばす。その手のひらが鉄砲の形を作っていた。

「え」

翔一さんが無表情のまま肘を動かし、私を手の鉄砲で撃ち抜く。固まる私をよそに、淡々と彼は飛行機に乗り込んでしまった。

「あ」

心臓、射抜かれた。

どうしよう、と私は震える。

どうしよう、かっこいい。

どうしよう、どうしよう！

さっきより頬が熱い。

頭がくらくらする。

撃たれた心臓が蕩《とろ》けて溶けて落ちてしまった。恋に落ちてしまった。私、彼のこと大好きになってしまった！

ううん、ずっと……いつからだろう、ちゃんと好きになってて、それを今やっと自覚したのかもしれない。

真っ赤になっているであろう顔でうちわを持ち突っ立っている私の横で、カメラのおじさんたちの方が大騒ぎしていた。

「うおお、あの塩対応な有永三佐が！」

「バーンして、されてるじゃないか。ちょっとお姉ちゃん！　良かったなあ！」

「うわ、お姉ちゃん真っ赤だよ」

ヘナヘナと座り込んでしまう。

ああもう、翔一さんの顔、見れないかも……

そんな真っ赤だった私の頬は、数分後には青くなっていたはずだ。

（いやぁぁぁあ！！！！！！）

必死で叫ぶのを耐える。

一番から四番の飛行機が先に離陸して、しばらくしてから翔一さんの五番機が滑走路を走りだしたかと思ったら、地面スレスレを飛行して、ぐんと機首を上に向けて花火みたいに垂直に空へ向かって飛んでいった。一瞬、何が起きたか分からず「へ？」と間抜けな声を上げる。

「ああお姉ちゃん、なに、航空祭は初めて？」

「あ、はい……」

戸惑って翔一さんの飛行機を見送る私に、おじさんたちは説明してくれる。

「有永三佐が搭乗している五番機はリードソロ。ソロでの背面飛行なんかの演目を担当するエース機だよ」

「エース……」

ぽかんと彼の飛行機を見つめる。

「大体一回のショーで四十回転くらいするかな。肉体的にもかなりハードだから、心技体揃ってないと……ほら、あれとか五番機だよ。フォーポイントロール」

言われた先に目をやると、お腹を天に向けた飛行機が低空を飛んでいく。ごおお、というエンジン音が近づくとキィィンというものに変わる。

「さっ、さかさかさかさま」

「どうしたの……？」

ファインダーから目を離したおじさんたちは私を見て不思議そうに言うけれど、私は脳内で大きく叫んだ。

（いやぁぁぁあ！！！！！！！）

翔一さんの飛行機はそのままくるっ、くるっ、と九十度ずつ回転してからようやく水平飛行になり、飛んでいった。

はあはあと肩で息をする。

全身に冷や汗がすごい。

だめだ、寿命が縮む！　なのに目が離せない。演技に夢中になってとかじゃなくて、いやもちろんすごいんだけど、心配すぎて無理だ！

ぎゅーっと寿命と一緒に縮む心臓を抑えていると、おじさんが「ほらまた」と声をあげた。

「今からまた背面飛行になってから急上昇、戻ってきて三回転決めるよ」

「へぇぇえ……」

もはやまともに返答できていない。涙目でこくこくと頷いた。

白いスモークを引き連れた翔一さんの飛行機は、おじさんの言う通りに三回転を決めて飛んでいく。

「やあ、今日はいつにも増してキレがいいな！」

「よっぽどお姉ちゃん、有永三佐のタイプだったんじゃないか」

「バーンされてたもんなあ」

あっはっはっは、とおじさんたちはシャッターを切りながら嬉しげに言う。周りの人たちも歓声を上げこそすれ、まさか悲鳴なんてない。ああみんな、なんで平気なの……

その後も翔一さんはスモークで螺旋《らせん》を描きながらくるくると上昇していったり、ほかの飛行機と背中合わせで飛んだりと、この辺りになってくるとさすがに我慢できず、悲鳴が漏《も》れるようになっていた。

「……お姉ちゃん、本当に三佐のファン？」

「にしては怯えすぎてるよ」

ヒソヒソとおじさんたちが話しているのが聞こえるけれど、もはやどうでも良かった。

私は両手を口に当てて「ぶつかりませんようにぶつかりませんように」と周りに聞こえないよう必死で声を抑えながら呟いた。

翔一さんが乗った飛行機と、六番機（らしい）が空中で交錯する。下から見ていると衝突寸前のようにすら見える。

「ああ、大丈夫だよお姉ちゃん。あれ、実際は間隔、かなり広いから」

「そうそう、下から見てると怖いけどね」

励まされてこくこく頷いた。半泣きのまま「すみません、私、ご迷惑ですよね」と眉を下げる。

「とんでもないさ。おれたち、ブルーのファンだもの」

「ファンが増えてくれるのはいいことだ」

「お姉ちゃんファンっぽくないけどね」

そう言われ、曖昧《あいまい》に会釈した。いい人たちでよかった……

「あ、怖いかもだけど、これは見た方がいい」

言われて目線を上げる。

翔一さんともう一機、六番機が空にスモークで大きなハートを描く。

「四番機が矢を描いてあのハートを貫くから、見てな。ほら！」

飛んできた四番機が、立体に見えるように途中でスモークを消して再びスモークを出す。こうすると、空に浮かぶ大きなハートが矢に射抜かれたように見えるのだ。

「わー……」

怖いながらもそれは可愛くて、小さく拍手をする。たまに見かけていたこれ、ちゃんと見るとこうなっていたのか。おじさんたちは我が事のように嬉しそうにしてウンウンと頷く。

さらに翔一さんは左翼を下にして真横に倒れたまま円を描いたり、また急上昇してみたり。おじさんたち情報によると、大体6とか7Gほどの負担があるのだという。

そのあとほかの飛行機と合わせ、六機で円を描いたり、回転したり、と再び心臓に悪い演目が続く。拍手をしながらも、心配で全身がべちゃべちゃだった。絶対汗くさい……

「ラストだよ～」

言われて見上げる。

また翔一さんの飛行機は背面飛行で飛んでいき、その周りを六番機がぐるぐると回転しながら飛行した。

「ぶっ、つ、かる……」

ほっそい声で叫んで目を閉じた。そろそろ限界が近かった。

順番に飛行機が滑走路に降りてくる。誘導員に導かれ、スタート前と同じ位置に飛行機が停まる。

やがて降りてきたパイロットたちは、整備員さんたちに敬礼し、再び入場のように揃って飛行機の前を歩き、サッと回れ右してこちらに向かって敬礼をした。

かっ……こいい。

敬礼している翔一さんに見惚《みと》れていると、一番機のパイロットさんがもう一度敬礼し、サングラスを外す。ぱっと会場から拍手が起こり、六人のパイロットがそれぞれにサングラスを外して笑顔を浮かべたり手を振ったりと、一気に緊張が緩んだ。翔一さんは無表情を貫いてるけど、多分これ今からファンサだ……と思いつつ、私は半分倒れるように座り込む。

「わ、お姉ちゃん大丈夫」

「すみませんすみません、緊張が緩んでっ」

足に力が入らない。

おじさんが私を助け起こそうとしてくれた――瞬間、誰かが私を抱き上げる。

「わ！」

「佳織さん！」

目の前に翔一さんの精悍《せいかん》な顔があった。めちゃくちゃ焦《あせ》ってるのを隠そうともしてない。

「大丈夫か⁉」

「だっ、大丈夫ですっ」

青かった顔は多分、真っ赤になってる。

「え、なに、お姉ちゃん三佐の彼女さん」

「妻です」

大切なことのように翔一さんが言うと、おじさんたちはなぜか「おー」と拍手をよこした。

「そうか奥さんか」

「おめでとう有永さん。オレら心配してたんだよ、あなたいつも仏頂面《ぶっちょうづら》だから彼女とかできないんじゃないかって。あの米軍のパイロットさんも結婚しちゃったしさ」

「恐縮です」

翔一さんは淡々と言って私を抱えたまま歩き出す。——アメリカのパイロット！ 噂の！ ムッとしたのを顔に出さないように気をつけた。

翔一さんはというと、無反応で私の顔だけを見ていた。他のことはどうでもいいみたいに。

「っ、佳織さん、顔色が悪い」

この世の終わりみたいな声で彼は言う。私は目を瞬《またた》いた。そんな、ちょっと貧血っぽくなっただけなのに。

「翔一さん？」

「とりあえず救護所へ行こう」

そう言ってから眉尻を下げる。

「どうしてここに？ ……お陰でパフォーマンスには気合が入ったけれど」

「あの、その」

建物の陰に入り、人の目がなくなったところで私は心配する彼の腕から下ろしてもらい、頭を下げる。

「ご、ごめんなさい。謝りに来たの」

「謝る……何を？」

「拗ねちゃって、まし、た」

目線を斜め下に向けながら言うと、どうして？　という顔をされた。

「……秘密」

翔一さんは困惑したように私の髪を撫《な》でた。何回も――

でも、言いたくなかった。結婚の噂が出るくらい仲がいい女性がいるんでしょう？　って、聞けば教えてくれると思うけど、それは彼の意志で、彼の口から聞きたかった。そこはもう、拗ねるとかじゃなくて意地というか、プライドというか。

「あと、純粋に、応援に」

軽く息を吐《は》いてから彼を見上げ、続けた。

「翔一さん、すっごくかっこよかった！」

「――！」

翔一さんは目を瞠《みは》り私を見つめ、がばりと私を抱きしめる。

「本当に？」

声が熱い。

「……死ぬほど怖かった、けど」

そう言うと、額にキス――というより、唇が押しつけられた。それから耳殻に唇で触れて、首筋を――

ハッとして身体を捩《よじ》る。

「だ、だめですっ汗くさいのっ」

「？　佳織さんのいい匂いしかしない」

そう言ってぺろっと頸動脈あたりを舐《な》められる。

「こ、こら」

ぐいーっと手を突っ張って彼を引き離す私に、翔一さんはふと声のトーンを変えた。

「そういえば、ここまでどうやって」

「……飛行機」

色々思い出すと、震えがくる。揺れる指先に苦笑していると、彼は少し身体を離してから私の手を包み込む。

「俺のために」

掠《かす》れた声で彼は呟いて、その手に力を込めるけれど——私はその手を振りほどいた。

「佳織さん？」

「翔一さん！　私は大丈夫だから、戻って」

「無理だ。心配で——」

「救護所、そこでしょ？」

中庭のようなところにテントが設営されているのが見えた。

「一応休んで行きますから、大丈夫だから……ファンサ戻って」

「ファンサ？」

「そうでしょう？　ファンサービス。サインしたり」

「いや、まあ……けれど」

「翔一さん！」

私は彼にずびしっと人差し指を突きつける。

「アイドルはファンサしてなんぼなの！」

「……？」

ぽかんとされた。私は彼の大きな背中を押す。

「みなさん翔一さんとお話ししたり写真撮ったり、そういうの楽しみにしてたんじゃないの」

「常々思っているんだが、俺の写真なんかどうするんだ」

「勇気になるの！」

彼の背中を軽く叩《たた》く。

「推《お》しがいるって、生きていく力になるの」

「君、この間俺がアイドル顔どうのと言ったら全力で否定してきてなかったか……？」

「それはそれ。アイドル顔はしてないけど、とりあえず行ってきて——でも、ね、翔一さん」

彼の海みたいなブルーの飛行服の裾を、ちょっとだけ握る。

「バーンってするの、は、私だけ……にして？」

あんなことされたら、みんな翔一さんのこと好きになる。翔一さんは私の顔をじぃっと見つめたあと「分かった」と頷いた。

「君だけだ。俺にとって君だけが特別だから」

そんな真摯《しんし》な目で言われたら、頬が発火してしまう！

「――っ、い、行ってください！」

翔一さんが走って戻っていく。

私はその背中を見ながら思う。

翔一さんが私と結婚した理由なんかなんだっていい。「本命」のアメリカ軍パイロットに失恋したのが原因だって構わない。

そばにいられるなら、それで。

「大好き」

歌い出したい気分。同時に切なくて苦しい。

恋をするって、こんなに大変なんだね。

6

ゴールデンウィーク初日、隣県のお城のお祭りでブルーインパルスの展示飛行があると聞いた私はゴトゴトと電車に揺られていた。

とりあえず当面の目標を定めたのだ。

飛行機に慣れる！

普段の訓練もベランダで見学するようになったし……もちろんまだ怖いけれど、少しずつ慣れてはきていると思う。

ずっと「飛行機のことを思い出させたら申し訳ないから」と飛行服を基地で洗濯していたらしい翔一《しょういち》さんも、最近は持ち帰ってくるようになった。洗濯してると「ああ自衛官の奥さんになったんだな」と思う。ちなみにブルーインパルスとはいえ、普段の訓練は他の部隊と同じ、濃いグリーンの飛行服だ。

展示飛行にも積極的に応援に行くようになった。……まあ、陸路で行ける範囲で。

私が会場にいると翔一さんが嬉《うれ》しそうにするのだ。あの顔が見たくて通い詰めていると言っても過言じゃない。恋心というものは恐ろしい。

窓の外を見る。散ったばかりの桜の河川敷が続いていた。

乗り継いでお城の近くの駅で降りたとき、ふと視線を感じて顔を上げる。

「あ」

思いっきり目を逸《そ》らしてしまった。だって、この間の女性ファンの人が私を睨《にら》んでいたから。

さりげなさを装ってシャトルバスの列に並ぼうとすると「懲《こ》りないんですね」と笑って言われた。

振り向くとその女性が近くに立っていて「ひえっ」と細い声が出る。

「え、ちょっと、ユキナ」

気づいていなかったけれど、どうやらお友達連れだったらしい。女性ファン改めユキナさんは小動物みたいな外見なのに、中身は真反対のようだった。怖いよう……

「あなた、この間イベントで倒れて三佐《さんさ》にご迷惑おかけしてたのに。ほんっと図々しい、大人しくしてることもできないんですか」

「ちょ、ちょっとユキナ」

お友達さんが割って入ってくれる。私はうちわが入ってる鞄《かばん》を抱えると肩をすくめて目線を向けてくる周りの人にぺこぺこと頭を下げた。

「言わせてよ。この人、さんざん三佐に迷惑かけてるのに」

「三佐って有永《ありなが》三佐？」

「そうよ！　この人、妻のくせに三佐のお仕事も知らなかったの……もちろんハリス少佐のことも」

む、件《くだん》の女性パイロットはハリス少佐というのか。覚えておこう……と、お友達さんが「あ！」

と私を見て笑う。

「あなたが噂《うわさ》のラブラブな奥様」

「ラブラブ」

思わず復唱した。……ふふ、いい響きだ。

「ラブラブが何よ。足手まといだわ」

「さっきからユキナ、なんなの。いくら有永三佐のファンだからって、奥様にこんなふうにするなんて失礼すぎる」

お友達さんがユキナさんの肩を引く。

「だって、だって、……っ。自分の夫の仕事も知らないなんて、言語道断だと思わない⁉」

「え、てことは奥様、有永三佐がブルーのパイロットだと知らずに？」

気後れしつつ、こくこくと頷《うなず》いた。

「いえその、自衛官だってのも結婚直前まで知らなくて」

「ほら！　こんな人、彼にふさわしく……」

ユキナさんが翔一さんを「彼」呼ばわりしたことにちょっとムッとした私に向かって、お友達さんが「え、純愛」と呟《つぶや》いた。

「元々ファンだったとかじゃなく？　ブルーどころかパイロットだとも知らずに？」

「は、はい……」

「えー、じゃあなんか普通に有永三佐の中身を好きになったんですね」

言われて目を瞬《またた》く。

それから首を傾《かし》げて、つい、笑った。

そうだ、自覚したのは――あんなふうに射抜かれたからだけど。

好きになった理由は、有永翔一という男の人が真っ直ぐに私を愛してくれたから。それだけ。

「そうですね。彼がパイロットじゃなくても結婚してました」

「あー、ほんとにラブラブ。ほらユキナ、いこ。あんたみたいにミーハーに色んな人狙《ねら》ってるファンは相手されないって……」

「は、そんなんじゃ」

「有永さん、ごめんなさい！」

ユキナさんがお友達さんに連れられて行ってしまうと、ほ、と肩から力が抜ける。

そこをポン！　と叩《たた》かれて半分悲鳴を上げながら振り向く。

またユキナさんかと思いきや、全然別の女性だった。優しげな、少し年上の女性で赤ちゃんを前向きに抱っこ紐に入れている。

「こんにちは、立石《たていし》です。えーっと、一番機の」

「あ、立石二佐《にさ》の奥様」

ハッとして頭を下げた。

ブルーインパルスの飛行リーダー、一番機のリーダーで最年長、立石二佐の奥様らしかった。

「お世話になっております」

「いえいえこっちこそ……さっきは大変でしたね。ごめんね、離れてて間に入れなくて」

「とんでもないです、赤ちゃんいるのに」

一緒にシャトルバスの列に並び、ことの顛末を説明した。結婚が急に決まったせいで、仕事内容もきちんと把握できていなかったということ。

「なるほど！」

立石さんはめちゃくちゃ笑いながら話を聞いてくれる。

「有永三佐って、そんな猪突猛進タイプだったのね。イメージになかったわ。いつもクールでサムライって感じで」

「ああ、私もそう思ってました」

「実際は？」

「すっごく可愛いんですよ。秘密ですけど」

「可愛いんだ⁉」

ふふ、とこっそり笑う。

翔一さんは可愛いのだ。寝顔も可愛いし、甘いもの苦手っぽい雰囲気《ふんいき》出してるのに実際は甘党で、卵焼きすらあまーい方が喜ぶ。はっきりとは言わないけど、食いつき方が違うのだ。バレてないと思っているところがまた可愛い。

「でも、ほんと変な人に会っちゃったね。あんな人、滅多にいないいんだけど」

「いませんか」

ホッとした。あんな人ばっかりだったら神経が保たない。そういえば、お友達さんはまともっぽかった。

「いないよー。みなさん親切だし……あの子はあれかな、特例っていうか、有永さん狙ってたのかな」

「あー、かも、です……」

「色々言われるかもだけど、気にしない方がいいよ。滅多にはいないけど、たまーにいるのよ、男女関係なく、謎の保護者目線になるファンって」

「保護者目線？」

「自分が育ててやってる、支えてやってる、的な？」

「あっ分かります。私、アイドルグループ追いかけてるんですけど、古参のファンにはそんな感じの人います。新規さんにはすごいマウント取りたがって」

「そうそう、そんな感じ！」

立石二佐の奥さんは、航空ファンの中年男性にしばらく「ブルーの妻の心得」を説かれ続けたことがあるそうだ。

「なんですかその心得……」

「分かんない。覚えてないし。あたしたちにできるのは、あいつら腹いっぱいにさせることくらいよ。すっごい食べない？　パイロットって」

そう断言されて思わずクスクスと笑う。

「確かにー」

「エンゲル係数えげつないわよ。そういえば有永さんとこってマンションよね。官舎には入ってなかったの」

「あ、元々外で暮らしていたみたいですけど」

不思議に思った。そういえば翔一さん、住居にこだわるタイプじゃなさそうなのに……？

「ふうん？　まあいいや、とにかくファンの方に絡まれたって早めに伝えておいた方がいいわよ。広報の方で対策してくれるし」

「んー、心配かけたくないなって」

それに、もしユキナさんから話を聞くことになったら、ハリス少佐の話が翔一さんの耳に入るかも。私は彼に自発的に話をしてほしいのに。

「それにしても有永三佐はすごいわよねー。防大出で初めての五番機パイロット」

「五番機……ってそんなにすごいんですか？」

お父さんも、この間福岡の航空祭で出会ったおじさんたちも口を揃えて翔一さんを「エース」だって呼ぶ。

「もちろんよ！　歴代のパイロットは全員叩き上げエリートっていうの？　十八歳から飛行機乗ってる精鋭《せいえい》、航空学生卒よ。背面飛行やアクロバットが一番多い過酷な機体なの。だから五番機パイロットのヘルメットの数字は逆に書いてあるのよ。背面飛行で『5』と読めるの」

「あぁ……」

彼のパフォーマンスを思い出す。

確かにそうだ！　なんて危ない飛行機を担当させられてるの、翔一さん……！

「一日の訓練だと、多分、百近くは回転してるわね」

ひええという言葉を呑み込んだ。

「だから、ウチの旦那もそうだけど筋肉鍛《きた》えてるでしょずっと。意識飛ばして、死なないように」

「死なないように」

思わず繰り返した。

死なないように。なんだかすごく、重い言葉だと思った。

「あと歯磨きね。虫歯できるといっ……たいらしいわね、ああいう飛行機って」

「ええっ、そうなんですか」

確かに歯のケアには気を使っているなと思っていたけれど。

「……私、彼のこと全然知らないな……」

へこんでしまう。立石さんは、ぱんぱんと私の背中を叩いた。

「新婚さんだもーん！　あたしも何もできないよ。ただこうさ、帰ってきたいな〜って場所作ってたらいいんじゃない」

「……ですかね？」

「そうよ。……って、あたしもしかして『ブルーの心得おじさん』みたいになってなかった、今？」

影響受けちゃってるわ、とケタケタ笑う立石さんを見ながら、立石さんちはきっと素敵《すてき》なご家庭なんだろうなと思う。

私はそんな場所になれているかな？

私は何も知らない。それこそユキナさんに誹《そし》られても仕方ないのかもしれない。

「でも、私にできること、少しずつしていったらいいよね……」

初夏の陽射しを反射する白と青の飛行機を見上げ、まだまだ顔から血の気が引くのを覚えつつ呟いた。

もしかしたらそのハリス少佐？　その彼女の方が彼を理解できるのかもしれない、っていうかできるんだろう。だから結婚の噂なんか出るくらいに仲がいいんだ。

私にできるのは「帰ってきたい」場所になることと、お腹いっぱいご飯を食べさせることくらいだ。会ったこともない人にライバル意識抱いてどうすんのって思うけど……

「うーん、筋肉か」

筋肉にいいメニュー、と帰りの電車内でスマホで検索してみると、昨今のジムブームもあって色んなメニューが出てくる。

「あ、これ美味しそう。こっちも」

鶏胸肉をパサパサさせずに美味しくからあげにする方法、というレシピを読んでいるとふと下の方の広告が気にかかる。

「……栄養アドバイザー？」

民間の栄養アドバイザー資格講座の広告だった。ジムへの就職に有利！　とかなんとか書いてあるけれど……こんな広告が出るのは、多分私が「筋肉　鶏肉　レシピ」とか「筋肉　食事　時間」とか「プロテイン　アレンジ」とか調べまくったせいだろうと思うけど。

「いいじゃん」

タップして内容を確認する。ちょっとだけ難関資格みたいだけれど、見ればスポーツ選手の奥さんとかも持っている資格みたいだった。受講料もそこまで高くない。今なら退職金にも手をつけてないから余裕がある。思い切って申し込みボタンをポチッとタップして気合を入れる。

美味しくて栄養たっぷりのご飯と、帰ってきたくなる場所！

とりあえずはそこを目指そう。


……と思っていたのに、ううん目指すけど、ちょっと私はへこんでいる。

その日の帰り、ついでに寄った仙台《せんだい》駅近くの大きな本屋さん。ミリタリーコーナーがあることに気がついて行ってみれば、ブルーインパルスの雑誌が数種類、平積みになっていた。

手に取り、ぱらぱらとめくる。翔一さんのインタビュー記事がすぐに見つかってニヤニヤしていると、次のページで固まってしまった。

［特別インタビュー・アメリカ空軍第35戦闘空団ジャネット・ハリス少佐］

綺麗《きれい》な白人女性だった。小ぶりな形をした頭によく似合う、プラチナブランドのベリーショート。子鹿のようにくりっとした大きな目で、瞳は透き通るようなアイスブルー。背が高い――百八十センチ半ばの翔一さんと並んでも遜色ない――百七十後半はあるんじゃないかな。モスグリーンの飛行服、すっと伸びた背筋。

そんな人が翔一さんと握手して写っていた。翔一さんは気難しそうな顔をしているけれど、私には分かる。これ、照れているときの顔。

お似合いだなと思ってしまった。

「これ、いつの本……」

奥付を見れば、割と最近。

翔一さん、こんなインタビューがあったことも、ハリス少佐に会ったことも教えてくれなかった。

「はー……」

ふらふらとレジへ向かう。

その雑誌を買って、大通りから地下にある仙石《せんせき》線のホームまで下りる。停車して発車を待っている電車に乗り込み、ぱらりと雑誌を開いてインタビューの続きを読む。

ハリス少佐は米軍でも珍しい戦闘機の女性パイロット。相当なエリートだそうだ。

翔一さんがハリス少佐と出会ったのは、翔一さんが米軍で戦闘機パイロットの訓練をしたときらしい。同じコースに彼女がいて、そこから友情を育ててきた……と。

数年前に翔一さんは再び米軍での訓練に参加していて、そこでもハリス少佐と一緒だったらしい。組んで飛行機に乗ったこともある。プライベートでも旅行……旅行っ！　ハリス少佐のプライベートなクルーズ船で！

そこまで読んで、ぱたんと雑誌を閉じて目を閉じる。

発車アナウンスが聞こえてドアが閉まり、電車が走りだす。やがて地上に出た電車で私はぼーっと天井を見ていた。

嫉妬してる。

たとえ関係があったとしても、それは過去のことなのに――でもそうだったら、翔一さんは私に嘘《うそ》をついたことになる。誰とも寝たことがないって、そう言っていたのに。それはもしかして、私への「好き」よりハリス少佐への「好き」の方が大きいから？

頬が熱くなった。

要は私、慢心してたんだ。

翔一さんの「初めて」は全部私がもらったんだって。

違うかもしれない、と思ったら苦しくて仕方なくなった。あの人に触れていいのは自分だけだって強く感じる。


まだちゃんと「好き」って伝えられてもないのに。


いざ伝えるとなると照れくさくて、言えていなかったその言葉。

こうなってくると余計言えない。

私、あなたの一番なのかな？

たとえ違っても、いい。

私、彼の横に立ってて恥ずかしくない存在になりたい。

「失恋を忘れるには新しい恋、かあ……」

揺れる車内、ぽつりと呟く。新しい恋できちゃったな、今までの彼氏よりずっとずっと翔一さんが好き。かっこいいけどアイドル顔じゃないし、男の人らしすぎるし、正直私のタイプじゃなかったのに。

今では彼なしじゃ生きていけない、くらいには思ってる。


自宅最寄り駅——つまり基地にも近い——で降りてすぐ、お父さんから電話があった。

『お前、あれ行くかあれ。式典』

お父さんは話し出しがいきなりなので、いつも一瞬戸惑ってしまう。でもどの話かすぐに分かった——翔一さんとお父さんが働く松島《まつしま》基地の祝賀会イベントだ。関係者と家族のみの招待制イベントで、簡単な展示飛行なんかもあるらしい。

「行くけど……」

駅に飾られた青い鯉のぼりを見つめながら答える。

『行くのか！　飛行機嫌いのお前が。お父さんが何回誘っても来なかったくせに』

ムッと唇を尖《とが》らせる。一体、誰が原因で！

『あれな、プロペラ機乗れるらしいぞアッハッハ』

「な、なにそれ乗らないよ」

『乗らなくていいのか？』

「やだよ怖いよ」

『まあいいか。母さんも行くらしいから、ふたりで待ち合わせたらどうだ』

「ん、そうする」

答えて電話を切ると、またすぐにスマホが着信を告げる。お父さんが何か言い忘れたのかな、とディスプレイを見ると――柴原空将補《しばはらくうしょうほ》！

「は、はい！」

慌てて通話に出ると、空将補が笑う気配がした。

『こんばんは佳織《かおり》さん、お元気かな』

「はい！　翔一さんも元気にくるくる回ってました！」

『はっはっは、それは重畳。ところで来月の祝賀会は来られるのかな』

「はい、お邪魔しようと……」

『プロペラ機の搭乗体験はするのかい』

モニョモニョと口の中で言葉を呑み込む。まさか飛行機が怖いなんて言えない。

『もしするのなら、オレの方でリストに挙げておくけれど。操縦、翔一だしな』

私は目を瞬く。

翔一さんの操縦――……ふと、見てみたいと思った。彼がいつも見ている世界を。

「――は、い。お願いします」

『分かった。そうだ、当日まで秘密にしておこうか。びっくりするだろ、あいつ』

お願いします、と頷いて電話を切る。

手のひらにはじんわりと汗。

「安全運転でお願いしよう……」


式典、といっても身内だけのこと。基地内の体育館の壁に紅白の垂れ幕を張り巡らせ、折りたたみ式のテーブルとパイプ椅子《いす》を並べた簡素なもの。

「小中学校の行事感……」

私の感想に翔一さんが「まあ似た感じだよな」と頷く横で、私はちょっとソワソワしている。だって初めて見るのだ。翔一さんの飛行服じゃない制服。紺色のスラックスに、パリッとした水色の半袖の制服。防衛徽章《きしょう》が胸にたくさんついている。

「どうした？」

「あ、いえその、似合うなって」

「何が」

「制服が、その、かっこいいなって」

「……」

翔一さんは自分の制服を見下ろして「まんざらでもない」って顔をする。

うっ、可愛い。褒《ほ》められたのが嬉《うれ》しかったらしい。

ひとりでキュンキュンしているうちに時間は進み、搭乗体験の準備のために翔一さんが席を立つ。

「搭乗体験の操縦が終わったら、書類仕事をしてから帰るから——少し遅くなる」

背筋を伸ばしてきゅっと帽子を被るのがまたかっこいい……

彼は「また家で」とスタスタと歩いて行く。私はその広い背中を見つめながら、恋心とは違うドキドキを意識し始めた。

ひ、飛行機に、乗る！

——私はおそらく、かなり悲壮な顔つきをしていたのだろう。

首からかけた体験搭乗のドッグタグ——万が一に備えた身元確認用の認識票——をぶるぶる震える手で握りしめ、お久しぶりに会ったお父さんの同僚で整備士さんの諏訪《すわ》さんにプロペラ練習機の梯子《はしご》を上がるのを手伝ってもらっていると、驚きで目を丸くした翔一さんと目が合った。「ブルー」の飛行服じゃなくて、濃いグリーンの飛行服だ。

「えへへへぇ……」

ヘルメットで重い頭を軽く傾《かし》げて笑ってみせるけど、どうだろう、ちゃんと笑えているだろうか。

「佳織さん、どうして」

練習機は前後席のふたり乗り。後部座席に乗り込んで、諏訪さんにベルトを締めてもらいながら私は言う。

「あの、飛行機に慣れようと思って」

「無理は……」

「それと」

心配げな翔一さんの言葉に被せ、私は言い切る。

「それと、見てみたかったの」

首を軽く捻《ひね》る彼に、私は続けた。

「あなたの見てる世界――少しでも、体験してみたかった」

翔一さんは少し息を呑んで、前を向いた。

「無理するな」

こくこくと頷きながら、翔一さんの前面、フロントガラスと呼んでいいか分からないそこの向こうで、すごい勢いで回るプロペラを見ていた。

思ったより音はうるさくない。いやまあ何も聞こえないんだけど、もっとゴオオオオって音がすると思っていた。

『Hello,Matsushima ground』

『Hello Major Arinaga』

マイクとヘッドホンつきのヘルメットから音声が聞こえる。多分管制塔から離陸の許可を取っているのだと思う。

ややあって、飛行機が動き出す。

滑走路に出た飛行機のエンジン音が「キィィィン」というようなものに変わる。

『怖かったらいつでも中止する』

ヘッドホンから聞こえる彼の低い声に、なぜだか恐怖が消えて行く。

「うん」

ゆっくりと飛行機は動き出した。

やがてそれはスピードを上げて、周りの景色があっという間に後ろに流れて行く。

私は緊張にぎゅっと手を握る。

けれど、怖くはなかった。

それはきっと彼と一緒だから——

ふわりとした浮遊感のあと、どんどんと飛行機は高度を上げて行く。

「わあ……」

思わず窓に手をついて地上を見下ろす。基地の近くにある田んぼや、真っ直ぐな道路、線路にゴルフの打ちっぱなし施設が眼下に小さく見える。

飛行機が雲を破る。

白い世界を抜けると、ぱっと輝く空間に出た。キラキラと、光の粒ひとつひとつが見えるかのような——どこまでも続くスカイブルー。

雲が初夏の陽射しを反射する。

ああこれが、彼が見ている世界。

私は何も言わなかった。

翔一さんも何も言わなかった。大きな、頼りがいのある背中が目の前にある。

金色の陽射しがふたりだけの空間に差し込んでいた。

やがて、プロペラ機は規定通りの航路を経て、再び地上へと戻り始める。高度を下げ始めた飛行機から景色を眺《なが》めた。海に浮かぶ松島の島々の間を、遊覧船が澪《みお》を曳《ひ》いて進む。碧《あお》い海が煌《きら》めく。遠くを、黒い鳥が飛んでいった。カラスじゃない。広げた羽の先とお腹が白い、珍しい鳥だなと思っているうちにどこかへ飛び去って行く。


生まれたての子鹿のように脚をがくがくさせ、苦笑する諏訪さんに支えられながら梯子を下りると、ふっと背後から抱き抱えられた。

「翔一さん」

無言で彼は私を子供みたいに縦抱っこしてスタスタと歩き出す。空いていた見学用のパイプ椅子に私を座らせて、自分は地面に片膝をつき、私の手を取った。周りの人がザワザワと私たちを見る。

「しょ、翔一さん？」

「佳織さん――結婚してくれてありがとう」

「へっ」

唐突に言われて目を丸くする。そんな私を見上げ、翔一さんは生真面目な顔で続けた。

「愛してる」

「ええっ」

顔が熱い。周りから「おぉ〜」と声が上がる。広報の腕章をつけている人がニヤニヤしながらシャッターを切っていた。待って、何に使うんですか！

真っ赤になっているだろう私を置いて、翔一さんはすっくと立ち上がり、スタスタと歩き去ってしまう。私は両手で頬を覆《おお》い、必死で顔の熱を冷まそうと努めるけれど、ああ、多分、絶対、しばらくは無理だ……


そんなことがあってしばらくした六月の半ば。次の展示飛行があったのは茨城《いばらき》県の基地の航空祭だった。そこで私を見かけたユキナさんが回れ右をしてダッシュで走り去っていく。

「ん？」

いや逃げたいのは私の方なんだけれどな……？

ぽかんと立ち尽くす視線の先で、ユキナさんのお友達が頭を下げながらユキナさんの襟首を掴《つか》んでこっちに戻ってくる。

「ほらユキナ、ちゃんと謝って」

「……っ」

ユキナさんはサッと頬を赤く染め唇を噛《か》んだあと、肩を落として頭を下げてきた。

「……すみません、でした」

「えっ」

唐突な展開に、私は目を丸くする。お友達さんが肩をすくめた。

「この子ね、有永三佐と奥様のラブラブな写真を見て、すっかりへこんでるんですよ」

「な、なんておっしゃいました？」

ラブラブな写真……⁉　そんなもの一体どこで……

「関係者のみの式典のときの写真が、ホームページにアップされてましたよ」

「……あっ！」

ハッとして頬に血が集まるのを感じた。あのときの！　写真バシャバシャ撮ってた広報さん！

ユキナさんのお友達さんがスマホで見せてくれる。「何より大切な妻です。押しまくって嫁に来てもらいました」とのコメントまでついていた。ああ、なんていうか、ほんと……

「めちゃくちゃ大切にされてそう」

彼女はそう言って眉尻を下げ小首を傾げた。

「ていうか、ほんとにごめんなさい、ユキナが。この子、有永三佐にガチ恋だったみたいで」

ぴくっとユキナさんが肩を揺らす。可愛らしい瞳は少し赤かった。

「は、はぁ」

ガチ恋辛《つら》いよね……心情は分かる。

「この写真でショック受けた上に、さっき三佐をお見かけしたから話しかけたんですけど、何度かお会いしてるのに、有永三佐あたしたちのこと覚えてなくて。三佐って興味ないこと記憶しないタイプですよね？」

「う、もしかしたら。それはすみません……」

「いえいえ。それでユキナ、記憶さえされてなかったことがショックだったみたいで……完璧失恋。もう奥さんに変に絡んだりとかしないと思います」

「あの、できれば他の方にも」

「あはは、多分大丈夫です。ショックすぎて、パイロット追いかけ回すのやめて真面目に彼氏作るって言ってました。それにあたしたち、これから受験だし」

「……受験？」

「高校三年です」

「えっ⁉　大人っぽく見えてました」

まじまじとふたりを眺《なが》める。そう言われれば、確かに幼さが残っている、かも。

それであの言動か、とちょっと納得がいった。幼さゆえに正義感が斜め上に暴走しちゃった感じだったのかな。ユキナさんと目が合うと、もう一度「ごめんなさい」と小さく呟かれた。慌てて首を横に振る。

「あたしたちね、バイト代ぜーんぶブルーにつぎ込んできたんです、青春」

ユキナさんとお友達さんがちょっと寂しそうな顔をする。こんな青春もあるんだな。

「楽しかったですか？」

私の言葉に、ふたりは同時に頷いた。

「受験終わったら、また追いかけにきます」

「すぐに卒業されてしまうの、寂しいけど」

ぽつっとユキナさんが言う。

ブルーインパルスの任期は三年。夏に三年目に入る翔一さんの任期は、残すところ一年と少しなのだ。彼女たちの受験が終わると、残り半年ほどになっているだろう。

ＳＮＳのアカウントをなぜだか交換して別れると、ユキナさんからたくさんの動画と写真が送られてきた。翔一さんと、ブルーの機体だ。

『スマホで撮っているので、あまり画質よくないけど』

『すごく嬉《うれ》しいよ、ありがとう』

そう返すと、スタンプだけ返ってきた。

私はトーク欄に『ところでハリス少佐との噂って』と打ち込んでから消した。

やっぱり、翔一さんから直接聞きたいから……

「話してくれる日なんか来るのかなあ」

あの雑誌の写真からして、照れていたのは間違いないんだけれど！


それにしたって、雨降って地固まるじゃないけれどユキナちゃんたちとはお友達になれそうだ、なんて思っていたら嫌な再会もあった。

元カレの敬輔《けいすけ》くんだ。

六月も末のこと、仙台駅まで用事で出かけて、家の最寄りまで電車で戻ってきたときのことだ。

ブルーインパルスの写真が使ってある駅名表示板の前で、敬輔くんはカメラの資材を足下に置いて詰まらなさそうにスマホを弄《いじ》っていた。え、何かの取材だったのかな。

「け、敬輔くん」

「……あれ、佳織」

相変わらずの可愛いアイドル顔の敬輔くん……なのに、私は全くドキドキしなかった。好きな人のタイプ自体、翔一さんに出会って変わっちゃったのかも。

「なにしてんの」

「あ、家、ここで」

「ここ？　なんで。職場仙台じゃん」

「あ、結婚して……」

口を滑らせた私に、敬輔くんがニヤリと笑った。

「なー、ちょっと話そ」

嫌な予感がした。

私は勢いよく首を振りながら改札へ向かう。

「急ぐからっ」

改札を出てホッとしたのも束の間、敬輔くんがゆっくりと追いかけて改札を出てくる。

「なー、待てよ佳織」

「やだよっ」

自転車で来ててよかった。早く乗って帰ろう！　そう決めて駐輪場へ足を速める私に敬輔くんは揶揄《からか》うような声で言った。

「結婚したってことはさあ」

敬輔くんは相変わらずの可愛いお顔で信じられないことを続ける。

「もう処女じゃないいんだよな」

「っ、は――？」

アイドル顔から出てきたと思えない単語に、頭も身体もフリーズする。い、一体何を言っているの！

「ならいいだろ、ちょっと遊ぼうぜオレと」

「や、やだよ、なんでそうなるのっ」

駐輪場の黒いフェンス横で私は叫《さけ》ぶ。敬輔くんは飄々《ひょうひょう》と口を開いた。

「えー？　不倫願望とかないの？」

「ないよ！　みんながみんな、敬輔くんみたいな性欲魔人じゃないいんだからっ」

「あ？」

イラッとした顔を彼はして、早足でこちらにやってくる。

「ひっ」

敬輔くんは悲鳴をあげる私に詰め寄り、ガシャンと両手でフェンスを掴《つか》む。両手壁ドンみたいな感じだけど、全然嬉しくない！

「性欲魔人だあ？　お前と付き合ってるとき、散々我慢してやっただろ」

「が、我慢したんじゃなくてキープのキープだっただけじゃんっ」

言い返しながら予想する。多分、敬輔くんあの「本命」の子と別れたんだ。それで誰でもいいからヤりてーなー、とか考えてたところにたまたま私が現れて……誘ってみたら断られたから、キレてる。

「あー……まあ、一回経験したら変わるからさ」

敬輔くんは急にニヤッと唇を上げる。

「オレじょーずだから。オトコひとりしか知らないのってもったいなくね？　旦那、お前のこと満足させてくれてんの」

「ちょ、やだっ、近寄らないでっ」

「いーからいーか……うわっ⁉」

すごい勢いで敬輔くんが引き剥《は》がされぶらーんと浮かぶ。彼の胸ぐらを掴み憤怒《ふんど》の形相をしていたのは、今日が代休でお休みの翔一さんだった。

「久しぶりだな」

地を這《は》うような声で敬輔くんをプラプラさせて翔一さんは言う。

「うっ、だ、旦那と待ち合わせしてたなら言えよ……っ。つか、これ、暴行だぞっ」

「黙れ。佳織さん、警察」

淡々と言われて、私は慌てて「でもっ」と顔から血が引くのを覚える。も、もし敬輔くんが「現役自衛官からの暴行！」なんだと騒ぎ立ててしまったら……？　しかも翔一さんはブルーインパルスのパイロットなのだ。面白おかしく騒ぎ立てて……敬輔くんはテレビ局勤めだ、それができてしまう。

ひとり蒼白になっているだろう私をよそに、完全にキレている翔一さんは「ちょうどよかった」と低い声で言いながら敬輔くんに顔を近づける。

「言いたいことがあったんだ」

「な、なんだよ」

「前言撤回しろ」

「……は？」

「あの日」

翔一さんの声が掠《かす》れた。

「お前が佳織さんを侮辱した日だ。あのときに言った言葉を撤回しろ」

「侮辱？　——ああ」

ニヤッと敬輔くんは笑った。

「ブスってやつ？」

「貴様……」

翔一さんがギリッと奥歯を噛《か》む音がした。握りしめた拳《こぶし》が不穏だ。ひやりとして立ち尽くす。

「いや、本気じゃねえし。地味だけど可愛いから付き合ってたんだし」

そうじゃなくてキープのキープでしょ、と言いたかったけど言えない雰囲気《ふんいき》だ。

「……っ、大切にできもしないのに付き合うな！」

「へえ？　だってさあ、ヤらせてもくんなかったからさ、大切にできるかどうかも分かんないじゃん！」

完全に開き直ったらしい敬輔くんは嘲《あざけ》るように言う。翔一さんが眉を上げる。

「逆だ。大切にしたいから抱くんだろうが……！」

翔一さんがフェンスに敬輔くんを押しつける。

「二度と妻に近づくな……！」

翔一さんを見つめる。

彼はひどく傷ついた顔をしていた。かつて傷つけられたのは私なのに、今傷ついているのは翔一さんだった。私が蔑《ないがし》ろにされたという、ただそれだけで。

心臓が痛んだ瞬間に、ハッと気がついた。

「あのっ、とりあえず放してっ」

翔一さんにしがみつくと、ばっと敬輔くんが隙を見て逃げて行く。

「佳織さん」

少し責める口調で言われて私は俯《うつむ》く。

下を向いた視界で、じゃり、と翔一さんのスニーカーが一歩私に近づいた。

「なんで庇《かば》う」

「だ、だって」

「……君はまだ、あんな男に未練があるのか」

「へ⁉」

ぱっと顔を上げる。翔一さんの表情は、相変わらず仏頂面《ぶっちょうづら》に無表情と無愛想を足したもので、けれどその瞳に浮かんでいたのは、明らかな嫉妬だった。

どきん、と脈が跳ねる。

翔一さんが私の手を取る。彼の手は、すっぽりと私の手を包んでしまえるくらい大きい。その温もりが、はっきりと彼の愛情を私に伝えてくれていた。

「ダメだ。あんな男に君を渡さない」

「……あんな人のところに行くわけない、でしょう」

そう言い切って、彼にぎゅっと抱きつく。

「違うんです。あの人、テレビ局勤めだから……あなたが自衛官であるのを逆手に取って騒ぐんじゃないかって」

そうだったのか、と彼は私の背中を撫《な》でながら答える。

「その話なら大丈夫だ。駐輪場の入り口に防犯カメラがある。君が痴漢されかけていたのを助けただけだといくらでも立証できる」

そう言われて目を瞬《またた》く。そういえば駅にもカメラはあるし、駅員さんも私が追いかけられていたのを目撃してくれているだろう。それが分かって、ホッと肩を下ろす。

「……俺を心配してくれていたのか」

「当たり前です！」

「そうか」

彼はぎゅっと私を抱きしめて続けた。

「嬉しいな、心配されるのって」

彼から感じるのは、溢れんばかりの愛情。

なんだか急に、ちゃんと「好き」って伝えてないの、申し訳なくなってきた。私は顔を上げ、そっと彼の頬に触れる。

「どうした」

「あのね、好き」

「何が」

「翔一さんが」

「……？」

翔一さんがフリーズしてしまう。

私は思わず笑ってしまいながら続けた。

「大好きなの。心臓射抜かれちゃって――あのね、ほかに本命がいてもいいんだ。たとえ二番目でも、こんなに愛してくれているって、それならいいって」

「ちょっと待ってくれ混乱して……っ、好きだ、俺も君が大好きだ、愛してる……っ」

初めて見る顔をした翔一さんにぎゅうっと強く抱きしめられ、私は慌てる。

「しょ、翔一さんっ」

誰かに見られてやしないかとあたりを見回すけれど、幸い周囲に人はいない。見られてたら恥ずかしい！

「いや待て」

ばっ、と翔一さんが私の肩に手を置き少し身体を離す。そうして私の顔を覗《のぞ》き込み真面目な顔で続けた。

「本命？」

こくんと頷《うなず》き返し、眉を下げた。

「言わなくても分かるでしょう？」

「分からない」

心底不思議そうに彼は言う。

「俺は生まれて今まで君以外に恋愛感情を抱いたことがない」

「う、そ」

ムッと彼を睨《にら》む。

「『俺はハリス少佐の眼中にないので』って言ったことない？」

「……誰の？」

頬が熱くなってきた。

翔一さんの頭の周りに浮かぶ「？」マークが見えるようだった。私の勘違い……？

「どうしてあいつの名前が……いや俺があいつの眼中にないのはその通りだ。模擬戦で勝ったことがない。せいぜい引き分……どうした？」

あいつ、という親しげな呼び方が気にならないではないけれど、それにしたって翔一さんの話に嘘は感じられない。

……ってことは、私が勘ぐりすぎていただけ？

頭を抱えそうになっている私に翔一さんはさらに言う。

「ただ聞いてくれ、俺はジャネット……ハリス少佐以外に負けたことがない。あいつは特別というか、天才というか」

「……一緒にクルーズ船でお泊まり旅行？」

「まさかあのGPS無しでのサメ釣《づ》りの話をしてるのか？」

「なんですかそれは」

「いや、米軍での訓練中に、彼女の船で太平洋でサメ釣りをしたんだ」

「なんでサメなんか釣るんですか」

「分からん。連中の考えてることは俺には分からん」

連中、の言葉にふたりきりではなかったのだと分かった。

翔一さんは「誕生日ケーキもやたら青いしな……」と遠い目をして、私は目を瞬《また》く。翔一さんって無愛想な割に友達多いよなあ。

「不時着した際の練習をしようとかなんとか言われて連れ出されたんだ」

「ざ、雑誌のインタビューで照れてましたよね？」

「読んだのか。なら知っているだろ、君とのことを揶揄《からか》われた」

ひえっと声が出た。ヤキモチ妬きすぎて最後まで読めてなかった……っ！

あまりの申し訳なさに、変な汗が出てくる。

「なんか、その、ほんとすみません……完璧に私の勘違いです」

小さく頭を下げる。

「てっきり私、彼女が結婚してその恋の痛手を忘れるために私にプロポーズしたのかと」

「時系列が変だ。俺が君に恋をしたのは彼女の結婚より前なんだから」

「おっしゃる通りです……」

私は一生懸命背伸びをして、彼の首の後ろに手を回す。そうして顎にキスをした。……唇にしようとして届かなかっただけだけれど。休日なので髭剃りしてなかった彼の無精髭《ぶしょうひげ》がちょっとチクッとした。

「ごめんなさい。好き」

「……俺も好きだ」

翔一さんは掠れた低い声で言って私の唇にキスを落とす。

「心の底から愛してる」

そんなふうに続ける彼の目を覗《のぞ》き込む。わずかに揺れている瞳にちょっとだけ目を瞬いた。瞬間、彼はふっと眉を下げる。

「しかし、良かった。誤解が解けて……」

「早く聞けば良かったです。ごめんなさい」

「なんでも聞いてくれ。ひとつも君に隠すものはないから。……その、機密事項以外」

別にそれは言わなくても、と吹き出しかける。けれど彼は真面目な顔を崩してもいない。

そんなあなたが大好きなんだよなあ、と思いながら、私は再び落ちてくるキスを蕩《とろ》けるような心地で受け止めた。

7

わざとだと思う。

ぐちゅぐちゅと淫《みだ》らな音がする。私から溢れた淫らな水が、私と翔一《しょういち》さんの下生えをぐっしょりと濡《ぬ》らしている。繋がった結合部、お互いの恥骨を擦り合わせるように彼が動くから、そのはしたない水音は余計に音を大きくして鼓膜を震わせる。

こうすると私が恥ずかしがるのを発見した翔一さんは、「濡れているな」と嬉《うれ》しそうにしながらあたかもたまたま音が立ってしまうかのように振る舞うのだ。

「や、だぁっ」

耐えきれなくなり、足をばたつかせる。いやらしい音だけじゃない、お互いを擦り合わせるようなその動きは、肉芽を潰してピリピリとした快楽を生むのだ。同時にナカを、それも一番奥をゴリゴリと抉《えぐ》られて、私は彼にしがみつく。

お互いの肌と肌が重なる心地よさ。しっとりと湿っているのは、快楽に滲《にじ》み出た汗のせい。

「も、無理……っ」

ぬちゅっ、ぬちゅっ、と彼が奥をかき混ぜながら腰を動かし、低く笑った。喉仏が微《かす》かに動く。

「君はいつも無理だの死ぬだの言うけれど、そうなった例がない」

「や、ほんっと、あんっ、今日は無理っ」

かぷかぷと首筋を噛《か》む翔一さんの短い髪を掴《つか》んでしまいそうになりながら、私は喘《あえ》ぎつつ言った。

「だって今から、結婚式なのにぃ……っ」


式場に着いたのは、予定ギリギリの時間だった。

ホテルの地下にある駐車場から、二階にあるロビーまでダッシュで走る。エレベーターを待っている余裕はなかった。肩で息をしながら「普段から運動しておけばよかった……！」と階段を駆け上る私に、翔一さんは息も乱さず飄々《ひょうひょう》と言う。

「運動が足りてないのか」

「……！　そ、その運動じゃない、絶対！」

慌てて否定するけれど、翔一さんは無愛想なかんばせに嬉しげな色を浮かべる。

「そんなふうに言うけれど、佳織さんは今朝だって最後は夢中になってあんな」

「しーっ！　しー！　静かにっ」

確かに！　今朝起きるなり翔一さんに組み敷かれた私はすっかり彼で頭がいっぱいになって、最後は彼に跨《また》がってひゃんひゃん喘ぎながら腰を振っていたけれど！

なんとか時間通りにプランナーさんと合流し、ドレスを着てメイクをされ、今日担当のスタッフさんが次々に現れては挨拶《あいさつ》をして……結婚式って忙しいな!?

気がつけば、ホテルのチャペルで「愛を誓いますか？」なんて聞かれていて。

翔一さんが至極真面目な顔で「誓います」とはっきり言う。真摯《しんし》で低いその声はチャペルの高い天井によく響く。

私は胸が詰まって、うまく「誓います」って言えなくて何度もこくこくと頷《うなず》いた。

翔一さんが指輪を嵌《は》めてくれる。結婚指輪が輝く私の薬指を、彼は指で何度も撫《な》でた。それから彼の薬指にも指輪を嵌める。

不思議な感覚がした。

もうずっと一緒にいるのに、この人が自分のものになったような気がした。

翔一さんが私のヴェールを上げる。真剣な目に射抜かれて、心臓が震える。キスなんて何回もした。朝だってしてるし、なんならもっとすごいこともしてるし、なのに重なる唇は初めてのキスのように思えた。

「愛してる」

翔一さんに耳元で囁《ささや》かれて、嬉しすぎて抱きついてしまう。翔一さんは無愛想な顔のまま私を抱き上げて頬ずりなんてするから、一番前の新郎両親席にいた柴原《しばはら》さんに小声で「翔一！」って嗜《たしな》められていた。私は笑ってしまう。だって絶対、普段の翔一さんは、こんなことしないもの。

嬉しくて仕方ないって、顔で声で指先で、身体中全部で伝えてきてくれていた。

式のあと、中庭でブーケトスをする。高校から仲のいい同級生が受け取ってくれて、泣いてくれた。夏の陽射しでブーケがキラキラ光って見えた。

「あの有永がこんなふうになるんだな……」

高砂席までビールを注ぎに来てくれた、翔一さんの防大時代の同期だという海自の門屋《かどや》さんが言う。防衛医大卒の陸自医官で、訓練で知り合ったという西ケ谷《にしがや》さんがその横で苦笑していた。

「お前たちに言われたくない」

恬淡《てんたん》と言い切って、翔一さんは注がれたビールを飲み干した。ビールも飲めるのかあ、と下戸な私はオレンジジュースを飲みながら思う。

「大体、お前は和装にすると思っていたよ」

「なぜ」

「顔」

そんなふうに揶揄《からか》われている翔一さんを見て、私はつい吹き出す。翔一さんは納得いかないような顔をして私を見て「しまった」と呟《つぶや》いた。

「何がですか」

「佳織《かおり》さんの和装も見たかった。絶対綺麗《きれい》だったのに」

真面目な顔でそう言う翔一さんに、門屋さんも西ケ谷さんも「まじか」って顔を隠してない。私は幸せで胸が痛い。彼がこんなふうになるのは、私限定ってことだよね。

「なら七夕で浴衣着ます」

私の言葉に、翔一さんが頬を緩める。とても嬉しそうに――

門屋さんと西ケ谷さんがふたりして目を丸くするのが、なんだか面白くて仕方なかった。

柴原さんの席まで挨拶に行くと、顔を見た瞬間にぼたっと柴原さんの両目から涙が零《こぼ》れ落ちた。

「柴原さん」

翔一さんの声が揺れる。

「悪い、呑みすぎたな」

呑みすぎたって言ってるのに、柴原さんはぐいっとビールを飲む。黒留袖を着てくれている柴原さんの奥さん、陽子《ようこ》さんが笑いながら彼の背中を叩《たた》いた。

「まったくもう、この人は」

「うるさいな、嬉しいんだよ、オレは嬉しいんだ」

柴原さんはそう言って私の両手を握る。

「佳織さん、翔一は自慢の息子だが、時々どうしようもない……ほんとにどうしようもないやつなんだ。あなたが縛りつけておいてやってくれ」

意味はよく分からなかったけれど、こくこくと頷く。

「よし、これでもう思い残すことはない！」

「柴原さん。大袈裟《おおげさ》ですよ」

ぶっきらぼうに言う翔一さん、その目元が赤い。照れているのかな、なんて思いながら、私は彼の手を握りしめた。

二次会が終わってホテルの部屋に入ったのは、もうじき深夜にならんとする時間だった。

「疲れてないか？」

翔一さんが床に片膝をつき、ソファに座る私の顔を覗《のぞ》き込む。私は二次会用の白いチュールドレス。腰がストンとしたAラインのカジュアルめなものだ。翔一さんはスリーピースのスーツを着ていた。

「大丈夫ですよ。そんなに疲れるような二次会でもなかったですし」

二次会というよりは、以前私が働いていたブックカフェで、三十人ほど親しい友達を招いて結婚のご挨拶、という感じだった。

「そうか」

ふっと彼は私を見上げる眉間を緩めた。それからジャケットを脱ぎ、ソファに手をついてちゅっと私の唇にキスを落とす。

「ん……」

ちゅ、ちゅっ、と最初は触れるだけだったキスがどんどん深くなる。やがてゆっくりとソファに押し倒され、噛みつかれるようにキスされた。

食べられちゃう。

本気でそう思い、瞼《まぶた》を開ける。焦点が合わないほど至近距離で、それでも真剣な顔を彼がしているのが分かる。瞳がギラギラしているのも。

「綺麗だ」

私に跨るように膝をつき、ネクタイをぐいっと緩めながら彼は言う。私の両頬を柔らかく包み込み、それとは裏腹に激しいキスで再び貪《むさぼ》られる。

「ふ、っ、ぁあっ」

彼の大きな手は何度か私の頬を撫でたあと、ゆっくりと首筋や耳の裏を撫でる。

やがてその手はするすると身体のラインをなぞるように動き、ドレスの裾を捲り上げた。ストッキング越しに太ももに触れたあと、翔一さんは軽く眉を上げ片肘をついて身体を浮かす。そうして視線を太ももに動かし、それから私の顔を見て言う。

「エロい」

「……!?　えっ、えろ!?　ちが、これブライダルインナー！」

全て白いレースのブラジャーにビスチェ、総レースのショーツ、ガーターベルトと太ももまでのストッキング……！　が、翔一さんの何かに火をつけたらしい。

ごくっと唾を飲む。今日ヤバイかもしれない。いや普段からヤバイんだけど……

「背徳的だな」

翔一さんは私の膝裏に手を入れ、ストッキング越しに膝の内側にキスを落とし言う。

「こんなに綺麗で、清楚《せいそ》なのに――誘ってるとしか思えない」

「んっ」

べろりと翔一さんが太ももに舌を這わせて低く笑う。ぴくっと子宮がわなないたのが分かった。

身体が捕食されたがっている。

「すごく綺麗だから、着たままにしよう」

翔一さんが微かに笑い、ドレスだけをするりと脱がせる。そうして少し考え込んだあとに緩んでいたネクタイを全て外し、私の手首にするすると巻いた。頭の上で手が固定される。

「し、翔一さん？」

「今日」

翔一さんがこめかみにキスを落とす。

「今日だけ、好きにさせてくれないか」

いつも好きにしてるじゃない、という言葉は呑み込んだ。おずおずと頷くと彼は嬉しげに、子供みたいに笑った。

「可愛い」

思わず呟くけれど、翔一さんは不思議そうに私を見ただけだった。どうしてあなたは、可愛い自分を隠しているんだろう。

翔一さんは下着の上からゆっくりと乳房に触れる。ゆっくりと手に力を込め、優しく——やがて力を込め、ブライダル用のしっかりとしたブラジャー越しでも形が変わるくらいに揉みしだく。

「あ、あぁっ」

「可愛い」

は、と翔一さんは呟いて下着越しに先端を噛む。

「んぁっ」

思わず上がった声に、彼は低く喉で笑う。ゾクゾクとした何かが背中を走り、反射的に腰が動いた。翔一さんがまた「可愛い」と口にして、ビスチェの上から腰を撫でる。ショーツのレースの上から腰骨を指で掴み、コリコリと摘まれると不思議な感覚が下腹部に生まれる。

「っ……」

「ここも感じるのか？　骨なのに」

不思議そうに言って、彼は腰骨に噛みついた。

「や、っ」

「甘い」

甘いはずない。なのに執拗《しつよう》に彼は腰を甘噛みするのをやめない。口の中でちろちろと舐められて、くすぐったさと快楽とで足が跳ねそうになる。

翔一さんはその太ももを掴みぐいっと持ち上げる。そうしてガーターベルトを興味深げに歯で噛んだあと、ちゅうっと太ももに強く吸い付く。

「あ」

唇が離れる。そこについた所有の証に、どきんと心臓が跳ねた。翔一さんがストッキング越しに膝裏を親指の腹で撫で、キスを太ももに繰り返し落としながら、ゆっくりと付け根に顔を埋める。

「う、っ」

彼の頭を掴んでしまいたいのに、ネクタイで縛られた私の手は動かない。やがてショーツ越しに肉芽を舌で押され、歯で甘く噛まれ、唇で吸われあっけなくイった私のそこを、彼は貪るのをやめない。

「は、ぁっ、しょーいち、さんっ」

「どうした」

「っ、そこで喋《しゃべ》るのっ、やめっ」

翔一さんがくっと低く笑う。

「話しかけたのは君だろ」

そう言ってクロッチをずらし、ナカに舌を埋めていく。

「待っ、しょーいちさ、汚……っ」

一日中動いて、汗もかいている。

なのに彼は構うことなく、じゅるじゅると音を立てて私を舌で、歯で、唇で貪った。

「無理ぃ……っ」

がくがく震えそうになる腰を手で押さえつけられ絶頂する私から、ようやく彼は唇を離す。そうしてベルトを緩め、下着をずらして硬くなった屹立を取り出すと、床に落ちていたジャケットからコンドームを取り出す。

「……いつから入れてたの？」

「二次会前から」

なんで、と聞く間もなく彼はそれを着け、どろどろに蕩《とろ》けた私のナカに入り込んでくる。半分ほど入った強い圧迫感を伴う熱に、喘《あえ》いで叫《さけ》ぶのを耐える。彼にしがみついて快楽を逃したいのに、縛られていてどうしようもできない。

「ぁ、あっ」

じわっ、と身体が熱くなり、肌にしっとりと汗が滲《にじ》む。

私の反応を見た彼は、はあ、と息を吐《は》き唇を緩めた。そのまま一気に最奥まで貫かれる。

「ぁ、あ……っ！」

視界がチカチカした。呼吸が浅くなる。膝裏を胸につくほど折り曲げられ、のしかかられて激しく抽送される。彼の先端が奥を抉《えぐ》るたびに声が零《こぼ》れた。

「ぁ、あっ、あん、やあっ、」

自分のナカが蕩けているのが分かる。わななき、彼を締めつけているのも。翔一さんの屹立の、肉ばった先端がずるずると肉襞を引っかく。

「はぁ、あっ、あ、きもちぃ」

私は腕を縛られたまま快楽に身体をくねらせる。彼が動くたび、ずちゅずちゅとぬるついた水音が溢れた。

「ふー……」

翔一さんが軽く息を吐く。その表情があまりに艶《あで》やかで胸がキュンとした。翔一さんは私を見下ろして頬を片方だけ上げる。

「どうした？　エロい顔して」

「し、してな……っ」

「してる。可愛い」

はあ、と彼は荒い呼吸の合間にそんなことを言い、そっと私の汗で濡《ぬ》れた前髪をかき上げる。そこにキスを落としてから、ぎゅうっと私を押しつぶさんばかりに抱きしめ、彼は抽送を速めた。

「あ、あっ、はぁっ、やっ、死んじゃう」

耳元に彼の口がある。彼の荒い呼吸が鼓膜を犯さんばかりに聞こえて、それがあまりに官能的で気が狂いそうになる。

「あ、翔一さん、翔一さんっ」

手でしがみつけないから、彼の腰に足を回す。必死で足でしがみついて、腰を浮かせて奥にちょうだいってねだりながら、私は快楽に負けてぼたぼたと涙を零した。

「きもちぃ、……っ！」

自分のナカの肉が、彼をぎゅうっと食いしばったのが分かった。その中でも彼は動きを止めず、私は絶頂してるのにまだイかされ続ける。

「う、ぁ、はぁ……っ」

唇の端から涎《よだれ》が落ちた。翔一さんが顔を上げ、それを舐めたかと思えば唇に噛みつく。

「んぐ、ぅ、……っ」

嬌声が彼の口内に消える。

私のナカで、彼の屹立がびくびくと動く。薄い皮膜に、彼が欲を吐き出している。

頭が甘くて白い靄でいっぱいになる中で、翔一さんはするりと私の手からネクタイをほどく。完全に力が入らず、すとんとソファに落ちる左手を取り、翔一さんは薬指――指輪に口づける。

「俺のだ」

のろのろと顔を上げると、彼と目が合った。情欲と、愛情と、どろどろとした何かでいっぱいの彼の瞳。

ああ彼は呪われているのだと気がついた。それは恋であり愛であり、執着。そんな重苦しい感情を持たれていると思うと、彼がとてつもなく愛しく、可愛らしく思えた。

「大好き」

そう言って微笑《ほほえ》むと、彼はとても可愛く頬を緩めた。触れるだけのキスをする。

多分、私の目もそろそろどろどろし始めているだろう。世界が彼と私でできていればいいと望むくらいには。


けれど、世界は私と翔一さんだけじゃない。六十億人くらい暮らしているし、その中には私の大好きな旦那さんと結婚の噂《うわさ》なんか出ちゃってた人もいたりなんかするのだ。

ジャネット・ハリス少佐、三十二歳、職業パイロット、既婚……らしい。

ものすごく早口の英語で翔一さんと何かを言い合っているハリス少佐がいきなり家にやって来たのは、七月の終わりの夜のことだった。その日は、いつも通りの夜で――

「……はぁ、っ」

口の中を、翔一さんの少し分厚い舌がかき混ぜる。絡められた舌にうっとりと力を抜いて、ソファの背に身体を任せた。つけっぱなしのテレビは、ローカル局のニュースの時間だった。

離れていく唇、つう、と銀糸が光る。

翔一さんが片頬だけを軽く上げて私にキスを落とす。

「可愛い、佳織さん」

「ん……」

結婚しても、式まで挙げても、なかなかそんな甘い言葉には慣れなくて。恥ずかしくて目を逸《そ》らした私のパジャマ代わりのＴシャツをたくし上げ、翔一さんは乳房に吸い付く。

「あっ」

微かに漏《も》れた私の声に気をよくしたように彼は笑い、胸の先端を舌先でつつく。

「んぁ、……っ」

走った快楽に、びくりと腰が揺れてしまう。なんとはなしに聞こえるニュースでは、アナウンサーの男性が謝罪の言葉を口にしていた。もっとも。快楽に蕩け始めていた私には、ほとんど意味が理解できていなかったのだけれど……

『当局のスタッフが職務中に一般女性に対し性的な発言を繰り返し、また侮辱していたとされる件につきまして、当社では当該スタッフを懲戒処分とし――』

翔一さんが軽く舌打ちをしてテレビを消す。

「ん、翔一さん？」

「いや、君は知らなくていい情報だったから」

翔一さんがふっと唇を緩め、続けて何かを言おうとした瞬間——インターフォンが鳴った。

ふたりして首を傾《かし》げる。

「こんな時間に……？」

「何かあったのかも。見てくる」

翔一さんが立ち上がり、受信機のモニターを覗《のぞ》き込む。私も服を整えて横に並びモニターに目をやって驚愕で一瞬思考が停止した。

「……ジャネット？」

先に訝《いぶか》しげな声を出したのは翔一さんの方。ハリス少佐はインターフォンをもう一度押した。

翔一さんが通話ボタンを押して、しばらく英語で何かを話す。そのあと思い切り眉を寄せて私を見下ろした。

「悪い、少し話してくる」

「……っ、私も聞きたいです」

いやまあ英語なんか、なんて言ってるか聞き取れないんだけれど——でも、ふたりきりにさせたくなかった。

「その、とりあえず上がってもらったら」

「しかし」

「ね？」

翔一さんがしぶしぶ何かをハリス少佐に告げ、少佐は弾《はず》んだ声を上げてマンションのオートロックを抜けてくる。

ややあって玄関のインターフォンが鳴った。翔一さんがドアを開くと、初めて生で見るハリス少佐が飛び込んでくるなり翔一さんに抱きついて何かをまくしたてた。

翔一さんは顔を明後日の方に向けて面倒臭そうな顔をしたあと、「べりっ」と効果音でもつきそうな感じで彼女を引き剥《は》がす。それから私を視界に収め、顔色を悪くした。

「違うぞ佳織さん。これは抱きしめてるわけじゃない。ハグ、単純に文化の違いだ」

「わ、分かってます！」

慌てて返事をした私を、興味深そうにハリス少佐はまじまじと見つめた。それからサッと翔一さんを避《よ》けて私のそばまでくると蕩けるような笑みを浮かべて私を抱きしめる。

「わ、わわっ」

翔一さんが何か英語で話しながらハリス少佐を引き剥がす。彼女は軽く肩をすくめたあと、首を傾げて私を見つめた。

「え、あっと、あの」

「佳織さん。ジャネットは今、実は新婚旅行で日本に来ているらしいんだ。それがパートナーと喧嘩をしてホテルに戻れない、今日だけ家に泊めてくれと言い出していて」

「は、はあ……」

気圧されて頷く。ハリス少佐は大袈裟なほど喜んで、私をぎゅうぎゅう抱きしめる。

とりあえず泊めることにはなったものの……なにやら翔一さんは嫌がって、渋い顔をしていた。

私はなんとなく、モヤモヤしたままベッドにもぐり込む。住所を知っていたのは、翔一さんが結婚祝いを贈ったからだそうだけれど。

「佳織さん、すまない」

翔一さんの言葉に小さく頷く。なんでハリス少佐が翔一さんを頼ってくるの、とか思うことはたくさんあるのだけれど……

「佳織さん？」

嫉妬しているのを見せたくなくて、布団を頭から被る。

「どうした？　体調でも……」

「違うの」

私は布団を被ったまま言葉を続けた。

「見せたくないの。ヤキモチ妬いてる顔なんか」

「ヤキモチ……？　どうして」

「ハリス少佐に。結婚の噂まで出ていた人が近くにいるのって、なんか」

「結婚？　誰と誰が」

「翔一さんと、ハリス少佐……」

「まさか！　確かに訓練を見に来ていたギャラリーにそんな揶揄い方をされたことがあるけれど、あくまで冗談だ。お互い交際している人間の影がなさすぎて」

「少佐も？　……でも、そうかもしれないけど」

視界いっぱいがシーツの白。その白がぼんやりと滲むのは、ぶわって湧いてきてしまった涙のせい。

「佳織さん」

翔一さんが私をシーツごと抱きしめる。

「この間も言ったけれど、俺には君だけだ。君以外の誰にも心動かされたことはないんだ」

真剣な声で彼は言い、続けた。

「でも――本当にすまない。そんな話が君の耳に入っていただなんて」

はあ、と彼は息を吐いた。

「考えてみれば、嫌に決まっているよな。俺だったら無理だ――君と結婚の噂があった男を家に泊めるなんて。ベランダから放り投げている」

そんな大袈裟な、とシーツから目だけを出す。がっちり重なった視線に、彼が本気なのだと分かる。

「明日の朝には、きっちり出て行ってもらうから」


翌朝、いつもより早く目が覚める。

翔一さんはまだ眠っていて、カーテン越しにぼんやりと昇りかけの朝日が差し込んでいる。

ふ、とキッチンの方から音がした。

ハリス少佐が喉でも乾いたのかな、とベッドから静かに下りて寝室を出た。

リビングの先、キッチンに明かりが灯っている。そちらに足を向け、目を丸くした――ハリス少佐が料理をしていたから。

翔一さんのために、って買っておいた食材がまな板の上に並んでいる。

「Oh,Good morning!」

笑顔で振り向かれ、私の中でぷちっと何かが切れてしまった。

キッチンに触れられたくなかった。

私はここで、彼が元気に空を飛ぶためのご飯を作っているの！

そう言いたいけど、残念ながら私の英語力じゃ何も言えない。

「ど、ドントタッチ、キッチン」

たどたどしく言うと、彼女は首を傾げた。そんな表情でさえ美しい。いいなあ、と思ってしまう。

私、彼女に勝てるところひとつもないんじゃないかな。

そう思うと悲しくて、止まっていたはずの涙がポロッと零れてしまった。

「あっ」

慌てて手で拭《ぬぐ》う。けれど、次から次へと溢れて止まらない。どうしよう、みっともないところを見せてしまっている気がする。

ふ、と人の気配を感じで視線を上げると、至近距離に彼女の整ったかんばせがある。妙に艶《あで》やかな、妖しい微笑みを浮かべて。

どんな意図があるのだろう、と思った瞬間、彼女は指で私の頬を拭う。女性にしては少し太くて硬い指。それが何度も私の頬や目元を優しく擦ったかと思うと、そっと頬を手のひらで包む。そうして彼女は「キュート」やら「パピー」やら「ビューティフル」やら「スウィート」やら……聞き取れただけでも、そんな甘い言葉を繰り返している。にこっ、と微笑まれて反射的に頷いてしまった。嬉しげに少佐が頬を撫でる。

「……？」

そうして至近距離に——鼻の頭がお互いぶつかりそうなほどの場所にあるハリス少佐のお人形さんみたいな顔。吸い込まれそうな、冷たい海水を連想させる美しい瞳につい、惚《ほ》れ惚《ぼ》れとしてしまう。その瞳が、顔が、ゆっくりと近づいてくる。美しい瞳が瞼《まぶた》に隠れて——

……あれれ？

私、何されようとしてますか？

あまりのことに硬直してしまった私の肩を、誰かがぐいっと引き寄せる。ぽすんと安心する温かさに包まれ、ゆるゆると視線を上げた。そこにいたのは、当たり前なんだけれど翔一さんで……

翔一さんはこめかみに青筋を立てて英語で何かをまくしたてる。

……ん、ファックって言った？　……って、放送禁止用語のオンパレード！

「しょ、翔一さんどうしたんですかっ」

「いくらなんでも、友人の妻にまで見境なく手を出すようなやつだと思わなかった、と言っているんだ」

日本語でそう教えてくれたあと、翔一さんは再び怒りを爆発させてしまう。ハリス少佐はというと、壁によりかかり明後日の方向を向いて時折「はいはい」と言わんばかりの相槌《あいづち》を打っていた。

なんとか翔一さんを落ち着かせたあと、ダイニングテーブルに少佐と向かい合って座る。翔一さんはまだガルガルしている。

「本人から許可をもらったから話すが、ジャネットの恋愛対象は女性だ。上の人たちが頭が固いらしく、公表はしていないけれど」

「……え」

驚きつつも、納得する。そうか、もしかしてさっきの誘われてたのか！　抵抗しなかったし、頷いちゃったのでＯＫととられていたっぽい。

慌てて「違うの」と翔一さんを見上げる。

「分かってる――油断した。こいつの手癖の悪さは分かっていたのに。整備士の女性全員に手を出したこともあるんだ」

びっくりするけれど、彼女の美貌なら可能かもしれない。くらっとする色気が……

「パートナーとの喧嘩の原因が結婚前の相手の浮気で、それが今更判明したそうで……それで自分もやり返すつもりになったそうだ」

翔一さんの声が完璧にキレている。そのまま英語で少佐にばーっと何かを言い立てる。

ハリス少佐はさすがに眉を下げて私を見た。

「ゴメンナサイ」

美女がシュンとしてると、なんかかわいそうになってくる。キスされそうになっちゃった私が庇《かば》うのも変なんだけれど……

「ハリス少佐。浮気されたからってやり返すのは多分、泥沼ですよ」

私の言葉を翔一さんが英語にしてくれる。少佐は悲しい顔をしてポロポロと泣き出してしまった。

「あ、わ、わっ」

慌てる私の横で翔一さんは腕を組んで眉間に皺《しわ》を寄せたまま。どうしよう、どうしよう……と、インターフォンが鳴る。ぱっと立ち上がって見に行くと、知らない女性が立っていた。蜂蜜色の肌をした、ラテン系っぽいセクシーな人。ぽかんとした私の背後でハリス少佐がなにやら騒いでいる。

「こいつのパートナーらしい」

低い声のまま翔一さんが言う。

とりあえず上がってもらったその女性と玄関先でしばらく大騒ぎしたあと、ハリス少佐はその人と熱烈なディープキスを交わしていた。わあ。すっごい！　人前でこんなっ！　は、はれんちっ……映画みたい！　と思っている私は気がつけば美女ふたりに挟まれて両頬にキスされていた。

翔一さんがキレ声で何か言うと、パートナーの女性が申し訳なさそうな顔で言葉を返す。翔一さんは眉間を指で揉んだあと、出て行け的なことを英語で言いながらふたりをドアにぐいぐい押した。

「マタネ、カオリ」

少佐に満面の笑みで手を振られて、つい返してしまった。投げキスしながら少佐は出て行く。

「た、台風みたいだった……」

「ああクソ、あいつ何も反省してない。次会ったら実弾……」

不穏なことを呟きながら、翔一さんは私をぎゅうぎゅう抱きしめて「消毒」と言いながら全身にキスを落としてきた。

「そ、そんなとこ触られてもないですよっ」

Tシャツをめくって脇腹にキスしている翔一さんに軽く抵抗しながら言うけれど、私の抵抗なんか翔一さんにとったらそよ風にもならない。ちゅっと吸ったりべろりと舐めたりしながら彼は口を開く。

「触る気だったぞあの女」

キレてる翔一さんに、私は眉を下げて言う。

「翔一さん、本当にごめんなさい。ハリス少佐が何を言っているかよく分からなくて、頷いちゃったの」

「君は悪くないだろ」

「……ちなみに、英語で何言ってたの？　少佐が泣く前」

「俺の最愛に手を出せばお前との友情も今日限りだ」

そう言って彼は私の頭にキスを落とす。

「さ、最愛」

「最愛だろう」

翔一さんは私に頬ずりして、それから続けた。

「二度とあいつの視界に君を入れさせない」

ギラギラと、嫉妬でたっぷりの声でそう言って私を組み敷く。

「君の視界にも」

「……私、あなたしか見えてないですよ？」

翔一さんは軽く目を瞠《みは》ったあと、ようやくほんの少し眉間の皺を緩めてくれたのだった。


八月に入ると、仙台の街はざわつき始める。くす玉と吹流し、それから折り鶴や短冊なんかでできた竹飾りが商店街のアーケードに吊《つ》り下げられ、視界が和紙の優しくも鮮《あざ》やかな彩色に染まるのだ。

仙台の七夕は八月七日。

私の誕生日だ。

翔一さんは数日前の日曜日にあった、とあるイベントでの展示飛行の代休を今日にしてくれた。

つまり、七夕デート！

翔一さんにも浴衣を着てもらい、ふたり手を繋いで雑踏をそぞろ歩く。

「百貨店の飾りがシックで綺麗なんですよ」

大きな手の温もりを感じながら彼を見上げると、少し困った顔をしていた。

「……どうしたんですか？」

「いや、君が綺麗すぎて目のやり場に困ってる」

ヒャッと息を呑む。翔一さんは普通の顔で続けた。

「実は伝えたいことがあって」

「なんですか？」

翔一さんはもごもごと唇を動かしてから、私を一歩だけ路地に入ったところにあるカフェバーに連れて行く。

「予約していた有永です」

翔一さんの言葉に目を瞬く。予約⁉

ソムリエエプロンをつけた蝶《ちょう》ネクタイのウェイターさんに案内されたのは、二階席。半個室になっていて、開け放たれた大きな出窓からアーケードの竹飾りがよく見えた。

「わー……っ」

ウェイターさんに引いてもらった椅子に座りながら、ダリアを模したというくす玉と、揺れる吹流しがずらりと飾られているのを見つめる。窓の目の前の七夕飾りは、水色のくす玉に、何千羽もの鶴が連なる豪華なもの。

「綺麗。毎年下から眺《なが》めてましたけど、上から見るとこんなふうなんですね……！」

「俺はそもそもちゃんと見るのは初めてだ」

「そうなんですか？　去年──は」

言い淀んだ私に、翔一さんは軽く眉を上げてから「何を飲む？」と丸テーブルの上、タブレットのメニューを示す。

「ええと」

下戸だしバーなんて滅多にこないから、カクテルの名前を見ても有名なもの以外ピンとこない。ノンアルコールのカクテルも充実しているようだった。

「せっかくだから、珍しいの飲んでみようかなあ」

「ならこれはどうだ？」

翔一さんが指差したのは、モヒートの季節限定スイカバージョン。要はフレッシュなスイカジュースでノンアルコールのモヒートを作っているようで、ドリンクの赤とミントの緑があたかも本物のスイカのようで面白い。

「美味しそう！　これにします。翔一さんは？」

「俺は黒ビールで」

さすがにこのお店に日本酒はなかったらしい。やがてやってきたお酒で乾杯をしたあと、ぽつりと翔一さんは口を開く。

「君の店に行ったんだ」

「……え？」

「去年の今日。七夕祭りの日」

翔一さんは淡々と言う。

「君に会いたかった。君がいなくてがっかりしたのが目に見えたのか、君の同僚が——あの子は七夕祭りが好きだから、多分うろついてると教えてくれた」

「……！」

私はスイカモヒートを飲むのも忘れ、彼の言葉を待つ。ぷつぷつと赤い水面に炭酸の泡が浮いてくる。

「君を探して、何回か駅まで往復した。馬鹿みたいだろ」

翔一さんはビールをごくごくと飲み干す。そのたびに男性らしい喉仏が動いた。

「そして、見つけた」

「……」

私は何も言えない。去年の今日、私は敬輔くんに告白されて舞い上がっていたのだから。

「浴衣、新調したんだな」

特にそこに触れることもなく、翔一さんは言う。私は浴衣を見て、それから唇を緩めた。

「どうですか」

「似合う」

間髪入れずに彼は答え、テーブルの上で、私の指先を硬い指先で摘《つま》んだ。

「去年より、百倍も一千倍も似合ってる」

彼の指先が私の爪を撫でる。私は目を伏せて、それから言った。

「でしょう。だって、あなたに可愛いって言ってほしくて、たくさん悩んで買ったんだもの」

翔一さんが目を丸くする。すごく珍しい表情だったから、私も驚いて目を瞬いた。

「翔一さん」

「いや、悪い……うん、可愛い。綺麗だ、すごく」

翔一さんの耳朶が赤い。

可愛くてたまらなくて、私は彼の指先を握り返す。ぴくっと彼の指が動いた。

「伝えたいことって、このことですか？」

「いや」

翔一さんはそう言ってから思い切ったように立ち上がる。

「少し待っていてくれ」

「？　はい」

部屋を出て行く翔一さんの背中を見送ってから、私はぼうっとアーケードの七夕飾りを見つめる。

窓から夏の夕方の風が入ってきた。ちりん、と音がして、出窓に風鈴が下げてあることに気がつく。

泡の入ったガラスで作られたそれは、宙に浮くクラゲのようにも見えた。

「綺麗……」

視線の先、風鈴の向こうに色鮮やかな七夕飾り。スイカモヒートに口をつける。爽《さわ》やかで美味しくて――翔一さんはまた「ロマンチック」のためにここを探してくれたんだろう。

「大切にされちゃってるなあ」

思わずクスクス笑うと、ちょうど部屋のドアが開く。

「おかえりなさい――それは？」

翔一さんは小さな白い紙袋を下げていた。翔一さんは元の椅子に座ると、白い箱から白いジュエリーケースを取り出す。ドキドキと目を瞬く私の前で、彼はそれをぱかりと開いた。中に入っていたのは、華奢《きゃしゃ》なブレスレット。

「……誕生日おめでとう。その、手を出してくれないか」

「っ、あ、ありがとうございますっ」

心臓が高鳴るのを覚えながら、彼の言う通りにする。左手首に、上品なブレスレットが巻かれる。シルバーとブルーダイヤがきらりと光った。留金をぱちりと嵌めて、翔一さんは「その」と珍しく口籠もる。

「悩んだんだ。『ロマンチック』にするならサプライズのプレゼントがいいだろうし、けれど俺にはこういったセンスは皆無だから君の好きなものを選んでもらった方がいいかとも」

私はブレスレットを撫でる。

悩んで悩んで、結局私の好きな「ロマンチック」を選んだ彼。

「とっ……ても素敵《すてき》です、一生大事にします」

私の言葉に、彼がホッと頬を緩める。

たとえこれが、私の趣味に全然合わないやつだったとしても、私は同じことを翔一さんに言っていたと思う。

だって私は嬉しかったから。

彼の気持ちが、狂おしいほどに、愛おしいと思ってしまったから――

「今から、ロマンチックというか……すごく照れくさい話をする」

翔一さんは腹を括《くく》ったように、背筋を伸ばして私を見る。私も慌てて背を伸ばし首を傾げた。照れくさい話？

「実は、戦闘機のパイロットにはタックネームというものがあって――識別用のコードネーム……あだ名のようなものなんだが、俺は『アル』なんだ」

「アル？　どうしてですか」

「柴原さんが決めた。アルタイルは分かるか」

「夏の大三角……でしたっけ？　あとはベガとデネブ？」

そうだ、と彼は頷く。

「アルタイルは『空飛ぶ鷲』という意味で。俺がブルーに乗る前に乗っていた機体が、イーグルと呼ばれるものだから」

鷲《イーグル》の名は東北人なら身近に感じる。柴原さんなりにこっちに馴染《なじ》めるようにという気遣いなのかな、なんて想像した。

「アルタイルの和名は知ってるか」

「えっと……あ、彦星《ひこぼし》」

そう答えた私に、翔一さんは言う。

「それで、君は……ベガ」

織姫とも呼ばれる星の名前を呼ばれ、私はぽっと頬が熱くなるのを覚えた。

「君と俺は運命、のような……そんな気がして」

織姫と彦星。

「しょっ、翔一さんっ、ロマンチック突き詰めすぎですっ」

「……悪い、最近線引きが分からない。ただ、今言ったことに嘘《うそ》はない」

「ないかもですけどっ、でもっ」

私は口を閉じ、しばらく逡巡してから答えた。

「わっ、私もっ、運命だといいなって思ってます……っ」

私の言葉に、翔一さんは少し黙って、それから私の左手を取り、薬指を撫でた。

「もし今までの辛《つら》いことが君に出会うために必要だったというのなら……俺はきっともう、過去を恨まずに済む」

私は黙る。

翔一さんは昔の話をあまりしない。……けれど。私は彼の手を握り、頬に添える。

「ずっと一緒ですよ」

これからは、ずっと一緒。

そう告げると、翔一さんは柔らかく笑った。


七夕祭りが過ぎると、あっという間に秋がやってくる。アキアカネが飛んだのは一瞬で、気がつけば県内にいつ雪の予報が出てもおかしくない十一月に入っていた。

とはいえ、まだ雪が降るには気温が高いらしい。夜の窓の外では、ざあざあと雨が降り続いていた。

「ふふ、だからここの皺を伸ばしたらいいんですって。眉間に皺を寄せっぱなしなの、きつくないんですか？」

「寄せてない」

「よーせーてーまーすー」

私は彼の眉間を人差し指でぐりぐりと無理やりマッサージしていた。ソファに座る翔一さんの膝の上に乗って、ふたりぴったりとくっついて――

「……実は、翔一さんにお願いしたいことが」

ちょっと緊張しながら彼の顔を覗き込む。

「なんだ？　なんでも叶《かな》える」

言ってみろ、と私を見る彼に口を開こうとしたとき――私、そろそろ赤ちゃんが欲しいの、と言おうとしたそのとき――ソファ前のローテーブルに置かれていたスマホが震えた。翔一さんが首を傾げそれを手に取る。

発信元は「柴原陽子《ようこ》」。

「どうしました」

電話に出た彼は、ひゅっと息を吸ったあとに低い声で「……今、どこに」と小さな声で言う。何度か会話を繰り返したあと、彼は画面をタップして電話を切り、瞬間にスマホを取り落とす。私は慌ててソファから下りてそれを拾った。

「翔一さん？」

翔一さんがのろのろと私を見る。表情が抜け落ちたその顔に、息を呑んだ。

「何が……あったの」

翔一さんは唇を結んだままだった。

さあさあと雨が降り続く音だけが聞こえる。

「……雨は嫌いだ」

ようやく口を開いた彼が私を抱きしめる。やけに身体が冷たく感じる。彼の広い背中を撫でながら、私は嫌な予感でいっぱいになる。

どうか私の暗い予想が当たっていませんように、そう願いながら——


白黒の鯨幕《くじらまく》が雨に濡《ぬ》れる。

柴原正一《しばはらまさかず》葬儀、と筆で書かれた看板にはビニールがかかっていた。その上を雨粒が滝のように滑っていく。

白い息が雨に溶ける。

私は白いテントの下、翔一さんと並んで弔問客の受付をしていた。このたびは急なことで、と何回聞いたか分からない。

自宅で急に倒れ、そのまま帰らぬ人となってしまったそうだった。大好きなお酒が祟ったのか、激務のせいか。

隣で翔一さんが無言のまま頭を下げている。弔問客が途絶えたとき、ふと私に視線を向けて眉をひそめた。

「冷えないか。中に入ってろ」

「ううん」

「心配だ」

翔一さんが長机に目線を落とし呟く。

「心配だから——」

壊れそうな声だった。私が頷き、足を動かしたとき「翔一くん、佳織さん」と声がした。振り向くと、黒紋付の着物姿の陽子さんがテントに入ってくる。

「ごめんなさいね、冷えるのに。代わるわ」

「いえ、大丈夫です！」

私は慌てて彼女をダルマストーブ近くのパイプ椅子に座らせた。ただでさえ陽子さんは憔悴《しょうすい》しきっているのに……

「でもね佳織さん、何かやっていないと気が狂いそうなのよ」

悲痛な声に胸が詰まる。私はコクっと頷いて場所を彼女に譲った。陽子さんは「ありがとう」と呟き、正面を見る。

ざあざあと冬の雨が降り続いている。

止めばいいのにと思う。早くこんな雨、止んでしまえばいい。

「あ」

陽子さんは思い出したように、着物の襟から何かを取り出した。濃い緑色のふくさに包まれたそれを、テーブルの上で開く。

「これ、翔一くんに、ね」

陽子さんはふくさを開き、それを持ち上げた。ちゃりっと金属音がする。

「あの人が現役だった頃のドッグタグ。翔一くんもらってくれる」

「……！」

翔一さんは柴原さんのドッグタグを受け取り、手のひらに載せてじっと見つめていた。それから首を振る。

「こんな大事なもの、いただけません」

「もらって――ほしいの。あの人にとって、あなたは息子同然だったから」

ぐっと翔一さんが息を呑む。瞳が揺れて、眉間の皺が深くなった。

「あの人が翔一くんを大切にしていたのは、あなたが優秀なパイロットだったから、じゃないのよ」

「――え？」

クスッと陽子さんは笑う。

「何があったかは知らないけれど、翔一くんが輸送機の訓練でアメリカに行ったことがあるじゃない。あのときね、あの人言ってた。翔一には空を諦めてもらうほかないかもしれない、って。そうじゃなければ、オレたちがあいつを失うかもしれんって」

翔一さんが目を瞠る。陽子さんは静かに続けた。白い息が深雨に消える。

「あなたをブルーインパルスに推薦したのはね、戦う以外の空を知ってほしかったのですって」

「戦う、以外の――空」

「あなたの名前がブルーのパイロット候補に挙がったとき、一も二もなく推《お》したのですって。言ったのよ？　贔屓《ひいき》してるって言われるんじゃないかって。でもあいつの実力ならすぐに周りは黙らせられる、あいつを信じろって……親ばかよねえ」

翔一さんは黙り、そうしてドッグタグをぎゅっと握りしめる。その拳《こぶし》を額に当て、ぐっと奥歯に力を込めたのが傍目にも分かる。

「翔一くん、あの人を父親にしてくれてありがとう。結婚式も、すごく喜んでた。あなたに出会えたことが、あの人にとっての一番の幸いだったわ」

翔一さんが項垂《うなだ》れる。

声なんかかけられなかった。

ただ雨だけが降り続いていた。

東松島《ひがしまつしま》に初雪が観測された十二月の初めのその日も、翔一さんはいつもの通りのランニングウェアで出勤していった。

いつも通り。

柴原さんが亡くなって二週間、あっという間に戻ってきた「日常」。

翔一さんは相変わらず私のことが好きだし、こまめに陽子さんにも連絡を取っているし、訓練は忙しそうだし、訓練以外の雑務も師走《しわす》でなんとなく忙しないようだ。

でも違う。

私はリビングの隅、棚の上にそっと置かれているドッグタグを見つめる。あの日から彼はこれに触れない。柴原さんの死を受け入れることなんかできないと言わんばかりに。

ベランダの窓から時折雪がちらつく空を見上げれば、ブルーインパルスの飛行機が飛んでいくのが見える。いつも通りに円を描いた。

澱《おり》のようなものが、降り積もっていく。雪じゃないから溶けようがない。

帰ってきた翔一さんはやっぱりいつも通りで、いつも通りに振る舞おうとしていて、いつも通りの表情を作ろうとしてるのが痛々しすぎて、澱が溜まりに溜まった私はついに爆発させてしまう。

そうしないと消えないから！

「翔一さん！　いい加減にして！」

「佳織さん？」

翔一さんが戸惑い、私の肩に手を置き顔を覗き込む。

「どうかしたか？　俺、何かしただろうか」

「してないのが嫌なの！　ねえどうして」

私は彼の胸を叩《たた》く。

「どうして泣いてくれないの」

「……佳織さん？」

「お葬式からこっち、ずうっと、ずっと泣きそうなくせに、どうして我慢するの」

「違う、そんなんじゃ……俺は」

私は彼の頬を両手で挟み、睨《にら》みつける。

「感情隠して強いフリしてるのがかっこいいわけじゃない！　そもそもそれって、強いわけでもないの！」

翔一さんは相変わらず泣いてくれそうにない。ずっと泣きそうなのに、泣かないでいるのだ。

痛々しくて、辛すぎて、……分かってる、こんなの私が辛いだけ。翔一さんに当たり散らかしてるだけ。でも、でも嫌だった。悲しかった。

「あなたは十分すぎるくらい強い人だよ……ねえ私に弱さは見せてくれないの、頼ってくれないの？　私、そんなに信用ないの」

「違う」

「ならどうして」

私は翔一さんから手を離し、自分の頬を何度も拭う。

「どうして君が泣くんだ」

「悲しいからです！」

私はぼろぼろと涙が零れていくのを止められない。

「悲しい？」

「悲しいときは泣くんです！　当たり前です！」

言い切ると、翔一さんがふっと笑った。悲しい笑い方だった。

「当たり前なのか」

「そうです！」

「俺は――そんな当たり前さえできない」

翔一さんはぽつり、と呟いて私を抱き寄せた。

「恩返し、何ひとつ、できてなかった」

私は広い背中を撫でる。

「もっと話したいことがあった。相談もしたかった、酒も呑みたかった、――お礼を言いたかった」

ぐっと彼の喉から音がする。けれど、すぐに彼の声は元通りになる。

「ひとつも返さないままに、逝《い》ってしまった」

「柴原さんは、あなたに出会えただけで幸せだったと思います」

私が言うと、翔一さんの腕の力が強くなる。私は彼の二の腕を撫でた。

それでも彼は泣かなかった。

強くあろうとする人だから。

そんな彼を支えたいと思う。いつかもっと頼ってもらえるような、そんな奥さんになりたい。泣きたいときには、どーんと胸を貸してあげられるような。

ベッドの上、素肌が触れ合う。

お互いのそれは、しっとりと湿っていた。触れるだけのキスが何度も繰り返される。

「お願い」

小さな声で言うと、まつ毛が触れそうなほど近くで「佳織さん」と彼は言う。

「いいのか」

「私がそうしたいの。翔一さん」

ぎゅっと抱きつく。耳元で彼の呼吸が聞こえる。私の首筋に顔を埋め甘く噛んでから、彼は私の膝裏をぐっと持ち上げた。

そうして直接に、私のナカに屹立を埋める。生々しく触れ合う粘膜。

「あ……っ」

挿《い》れられただけで、甘くイってしまう。翔一さんが微かに笑って「好きだ」と呟く。

「好きだ、佳織さん。愛してる」

「私も」

彼の肉ばった先端が、直接に肉襞をずるずると擦り上げた。そこに神経が集まったかのように少し動かれただけで何度もイって、粘膜はどろどろ蕩けて温い水を溢れさせる。結合部でぬちゅぬちゅと音がする。

「佳織、佳織さん」

翔一さんは私を強く抱きしめたまま、押しつぶすようにしてゆっくりと抽送を続ける。私を包み込んでいる翔一さんの匂いがする。安心する、しっくりする、そんな匂い。

安心感と興奮が同時に存在する、不思議な感覚だった。

翔一さんの先端が、ごつっと最奥を突き上げた。ぎゅうっと肉襞がうねり、視界がチカチカする。

「ぁ、ゃ、イく、イってる……っ」

「悪い」

はあ、と翔一さんが息を吐く。

「止まれない」

うねうねと収縮する私のナカで、彼は奥を突くのをやめない。

「や、むり、来ちゃうっ」

自分の呼吸がひどく荒い。

彼と身体を繋げて随分経つのに、初めての感覚だった。びゅくっと液体が溢れていくのが分かる。じわじわと快感がお腹と頭に広がる。

「なに、これぇ……っ」

半泣きで私は彼の腕を掴む。ぎゅうっとしがみついたから、少し引っ掻いてしまったかもしれない。けれど彼は柔らかに笑い、私の頬に顔を寄せる。

頬ずりをしながら、何度も愛してると告げながら、びくんと彼がナカで跳ねたとき、私も彼を強く締めつける。

「しょーいちさ、んっ」

「……っ」

彼が奥で欲を吐き出す。

お腹の中にトロリと、熱いそれが広がる。

そのまま彼は私を抱きしめ直す。何も言わずに私も彼を抱きしめた。

『佳織さん、翔一は自慢の息子だが、時々どうしようもない……ほんとにどうしようもないやつなんだ。あなたが縛りつけておいてやってくれ』

柴原さんの言葉を思い出す。翔一さんを抱きしめる腕に力を込める。

私は絶対にこの人を離さない。

8（翔一視点）

ベッドの上、俺の腕の中で、佳織《かおり》さんがとろんとした目をしている。

初めて避妊せずに抱いた。愛おしくて気がどうにかなりそうになりながら——

俺は彼女の頭を撫《な》で、その瞳の奥にある心配の色に胸が痛むのを覚えた。頬に手をやると、甘く擦り寄ってくる。その可愛すぎる様《さま》を見ていると、自然に言葉が零《こぼ》れた。

「……ずっと空にならなら殺されていいと思ってた。君に会うまでは」

佳織さんが視線を向ける。じっと俺を見つめる透明な視線。

「母親が死んだとき、悲しくて悔しくて、でも同時にどこかホッとしたんだ。もう強がらなくていいと思った。俺は子供の頃からずっと、あの人を守らないといけないと思っていたから」

ふっと息を吐《は》く。強がらないといけないほど、俺は子供だった。いや、今もか。

本当は弱いのに。官舎の古い畳に、母親と暮らしたアパートを思い出してしまうほど。

「でも俺は『強くあること』を捨てられなかった。そうしていないと、今までの自分が報われないような、そんな気がして——」

でもそれは「強さ」じゃないらしい。

佳織さんに怒られた。なら強さってなんだ？

はあ、と息を吐く。佳織さんが俺の指先を握る。俺は続けた。

「生きている心地もしなかった。ずっと。柴原《しばはら》さんのお陰でパイロットになれて、ようやく俺はしがらみから解放された気分になった。生きてると思えた。だから、空で死にたかった。……自分が大嫌いだ」

佳織さんが身体を起こし、俺に抱きつく。

「そんなのいや」

「──ああ」

そっと形のよい後頭部を撫《な》でる。

「もうそんなこと思わない。考えない。俺は」

身体を起こし、ふたり向き合って座る。俺は佳織さんの頬を手で包み、真っ直ぐに視線を向けて口にする。

「君のそばで死にたい。君になら殺されてもいい」

佳織さんが目を瞠《みは》る。それから微笑《ほほえ》み、俺の額に自分のそれを重ねる。

「ばかな人！　殺しませんよ、大好きなのに」

ゆっくりと唇が重なる。

鼻の頭が触れ合うほどの距離で、彼女は続けた。

「愛してます」

ちゅ、と彼女は俺にキスを繰り返す。

「好き。あなたが自分を嫌いでも、私はあなたが大好き」

全部に赦《ゆる》されたような気がした。

再び彼女を押し倒す。耳をじっくりと舐《な》め、首に何度も強く吸い付き、柔らかな乳房を揉みしだく。佳織さんはそのたびに甘く啼《な》いて、俺の心臓を締めつけた。

「も、挿《い》れて」

佳織さんが腰を微《かす》かに動かしてねだる。

「お願い……溶けちゃいそう」

足を押し上げてみれば、彼女の入り口はてらてらと濡《ぬ》れて光っている。零れる白濁《はくだく》は、俺がさっき放ったもの。

ずくんと腰が疼《うず》く。どうしようもない所有欲が身体を突き動かした。先端を温かな泥濘《でいねい》に当てがえば、佳織さんが高く喘《あえ》ぎ腰を揺らす。奥に誘おうと入り口がヒクつき、肉襞がうねうねと収縮した。

たまらず奥まで一気に挿れ込んだ。

「……っ」

息を吐いた。うねる肉襞がぎゅうっと締めつけてくる。そこにまとわりつくいつもと違うぬるつきは、俺が吐き出した欲のせい。塗り込むように腰を動かすと、佳織さんが顔をぐちゃぐちゃにして喘ぐ。めちゃくちゃに可愛い。

「っ、はぁっ、なに、これっ」

白濁のぬるつきは、いつもと違う感覚を彼女に与えているようだった。はあ、と息を吐いた。ヤバいくらいに興奮する。

もっと奥を抉《えぐ》らなくては。全部に俺を刻みつけなければ。

俺は彼女に横を向かせ、片足を俺の肩にかけさせる。ぐっと腰を進めると、佳織さんの一番奥がグニグニと当たる。さらに強く押し上げると、佳織さんが背を反らし、高く叫《さけ》ぶ。

「あ、無理っ、深すぎ、てっ」

「佳織さん、奥ぐりぐりされるの好きじゃないか」

「ぁ、っ、そんな、はぁっ、こと」

「本当に？」

下腹部に手を置き、軽くぐうっと押す。本来、子を宿し育てるための神聖な器官が、今は淫《みだ》らに彼女を苛《さいな》む。

「ぁぁあ……っ、ぁっ、ぁあっ……！」

快楽から逃げようとくねる身体を押さえ込み、ごちゅごちゅと激しく抽送を繰り返す。彼女から溢れ出す淫らな水が、お互いの下生えを濡らす。結合部からぬちゃぬちゃと音がして、つい頬を緩めた。

「気持ちいいんだな佳織さん、いい子だな」

奥を突くたびに、佳織さんがたまらなく淫らな声で喘ぐ。腰を引くと、うねる肉襞が追い縋《すが》る。入り口がきゅっと締まるのが、出て行かないでとねだられているようで最高に可愛い。

ぬるつきながら締めつけてくる柔らかな肉を押し広げ、奥まで再び貫く。佳織さんの綺麗《きれい》な目からぼたぼたと涙が零れる。下腹部が震えて、彼女の唇から零れる音はもう言葉になっていない。

「ぅ、あう、っ、うっ」

俺が動くたび、健気に彼女が声を上げる。

力が抜けた身体は、俺に揺さぶられるがまま。屹立を締めつける肉襞は痙攣《けいれん》していて、何度も絶頂しているのが分かる。トロトロに蕩けた表情、血の色を透かす頬。首どころか全身の白い肌が紅潮して、しっとりと汗を纏《まと》う。

どうしてこんなに可愛いんだろう。

一番奥を抉る。ひときわ高く啼いて、佳織さんがきつく眉間を寄せる。びくびくと震えるナカに上がってきた欲を全て吐き出す。ぐっぐっと奥に擦りつけるように動くと、それさえも快楽なのか佳織さんが甘く呻《うめ》いた。

自身を引き抜くと、ぬるりと白濁がシーツに零れる。

「ん」

佳織さんが淫らに息を吐く。

シーツに身体を横たえ、半分眠る佳織さんを見ていると、愛おしさで腹の奥がぐるぐるする。

「佳織さん」

「ん……なんです、か?」

トロリとした瞳に視線を合わせ、そっと耳を撫でた。

「もう一回したい」

「……？」

佳織さんが不思議そうに俺を見る。

「したい、とは」

「セックス」

佳織さんは俺を見て、それからゆるりと微笑んだ。

「もう一回、だけですよ？」


飛行納めがあったのはクリスマスイブだった。予約していたケーキを受け取って帰宅する。

「おかえりなさい！」

いつも通りの彼女の笑顔にホッとする。抱きしめると少しいい匂い。

「……からあげ？」

「帰宅して開口一番、それってなんなんですか」

クスクスと彼女が肩を揺らす。

「しかもからあげじゃないですし。チキンですよフライドチキン。クリスマスですから」

夕食は豪華だった。俺は不思議な気持ちで食卓に並ぶリボンがついたフライドチキンやらシチューやらローストビーフのサラダを眺《なが》めた。こんなのは初めてだ。

「ミートローフもありますよ！」

佳織さんがキッチンから皿を追加で持ってくる。

「肉だ」

「嬉《うれ》しいでしょう〜、翔一さんの好きなお肉たくさんにしました」

子供扱いされているようで、それがくすぐったくて嬉しくて――同時に元気付けようと一生懸命なのが伝わってくる。

手伝おうと腰を上げると座るように目で言われた。

「一年間、訓練お疲れさまもこめて」

佳織さんがシャンパンを冷蔵庫から出してきて、しばらく眺めたあと眉毛を下げた。

「……栓、お願いできます？」

つい頬が緩む。音が鳴るのが怖いらしい。栓を抜くとシュワシュワと溢れ出して困る。

「わあ」

佳織さんが慌ててグラスを差し出す。シャンパングラスなんて洒落《しゃれ》たものじゃなくて、いつも使っているグラスだ。

けれど薄い金色の液体が注がれると、なんだか特別な気がしてくる。小さな気泡がぷくぷくと上がってくる。

「お疲れさまでしたー！」

重なるグラスの向こうで佳織さんが笑っている。

安心させてやらなくちゃいけないと思う。

義務感だとか、そんなもの由来ではなく。

ただひたすらに、彼女が愛おしくて仕方なくて。


「ケーキの食べ方、間違ってませんか」

俺の膝の上で佳織さんが不服そうに言う。

「そうなのか」

「そうですっ、ん……っ」

ソファに座り、俺は佳織さんにケーキを食べさせていた。なんだかひどく甘やかしたい気分になったのだ。子供に食事を与えるかのようにフォークでひと口ずつ与える。文句を言いつつも、佳織さんはもぐもぐといちごのショートケーキを食《は》んでいた。

「うまい？」

「美味しいですよ。食べないの」

ああ、と頷《うなず》く。

「俺は甘いものは──」

「好きなくせに？」

膝の上で彼女が柔らかく笑う。俺は目を瞬《またた》いて、首を傾《かし》げた。

「好きなのか」

「好きですよ。ねえ翔一さん、多分、あなた自分の感情に疎《うと》くなってる」

そう言って彼女は俺にキスをする。甘いキス、ケーキと佳織さんの味。

「疎くなんかない」

自分の感情に疎かったのならば、こんなに彼女に激情を抱いたりなんかしてない。

「疎いです。自分の感情無視するの、そろそろやめてくれると、私は、嬉しい」

佳織さんはゆっくりとそう言って俺の頬に触れる。

「たくさん笑ってほしい。甘えてほしい。もっと素直になってほしい」

佳織さんが眉を下げる。

「それはきっと、私のわがままだけど」

「わがまま？」

「本当のあなたがもっと知りたいって、そんなわがまま」

佳織さんが再びキスをするから、俺は皿をローテーブルに置いてから彼女をソファに押し倒し、のしかかって告げる。

「とりあえず……今素直になるとすれば、君を抱きたいってことくらいだ」

「……翔一さん、そういうときはすっごいいい笑顔。えっち。変態」

ぷうと頬を膨らませる佳織さんが可愛くて愛おしくて、俺はもうわけが分からない。

服なんか邪魔だから全部脱がせて、指で、舌で、彼女の身体のありとあらゆるところに触れていく。触れるたびに佳織さんはあえかな声を上げ、身体を震わせる。

どろどろに蕩けた彼女のナカに屹立を沈めた瞬間に、佳織さんは手のひらを握りしめイってしまう。イく瞬間の彼女の顔が好きだ。可愛らしいかんばせが、官能的に淫《みだ》らに歪《ゆが》む。それが美しくて腹の奥から欲情してしまう。

「ぁんっ」

ずるりと彼女のナカから屹立を引き抜くと、佳織さんは入り口をぱくぱくとさせながら不満そうに唇を尖《とが》らせる。

「なんで……？」

「動きにくい。思い切りシたい」

俺は彼女を抱き起こし、ソファの背に手をつかせた。後ろから腰を掴《つか》み、再び屹立を挿入する。ぐちゅりと最高に淫らな音と共に、吸い込まれるように一気に奥へ進む。

「あっ」

「はー……」

思わず低く息を吐《は》く。挿《い》れただけで肉襞はうねり、俺に吸いついてくる。入り口が俺の根元をきゅっと締めつける。

気を抜くとイってしまいそうで腰を止めた。なのに彼女のナカはそれを許さない。肉厚な粘膜がきゅう、きゅう、と扱《しご》くように俺を締めつける。

「……っ、佳織さん。それやめてくれ。出る」

「あ、っ、いいよっ、出して……っ」

佳織さんが微かに腰を揺らす。ぎゅうっと締めつけてくる淫らな肉に、ぷちんと何かが焼き切れた。がしりと腰を掴み直す。

「佳織さんが悪いんだからな？　煽《あお》ったんだから――」

ひ、と佳織さんが息を漏《も》らす。

俺はずちゅっと音をさせながら、抜けるギリギリまで腰を引いた。

「責任取ってくれ」

最奥まで一気に挿れ込む。腰と腰が当たる音が派手に響いた。奥を突いて、すぐにずるずると肉襞を擦りながら腰を引く。蕩《とろ》けながら追い縋《すが》る襞の心地よさにイってしまいそうになるのを気合で耐えつつ、再び一番奥まで貫いた。

「ぁあああ……っ！」

彼女は叫《さけ》び、ソファの背に縋りつく。

「こら、逃げるな」

淫らな水音を立てながら、快楽から逃げる腰を追いかけて奥を攻め立てる。ゴツゴツと最奥を突き上げると、佳織さんの綺麗な白い背中が反る。

「んん……っ！」

ナカで肉襞が痙攣《けいれん》する。収縮して俺を締めつけ、欲をねだってうねる。

「締めつけるなと言ったのに」

わざとそう言って、彼女に背中からのしかかり、手を握る。形のよい耳を噛《か》み、溝を舐《な》め、耳穴をちゅくちゅくと舌で犯す。その間も、腰の律動は止めない。

「は、はぁっ、あっ」

佳織さんの腰が動く。おそらく彼女は今、何をしてもイってしまうだろう。乳房を鷲掴《わしづか》みにして、親指の腹で先端を弾《はじ》いた。

「いやぁっ」

大袈裟《おおげさ》なほど彼女の肩が揺れ、ナカの蕩けるほど熱い肉が強く締まる。あぁ、と思わず声が漏《も》れた。気持ちいい。

手のひらで乳房を揺すり、指で先端を弄《いじ》り、ナカの肉襞を屹立で擦る。そのたびに絞り出すように啼く声だとか、どっと汗が噴き出る柔肌だとか、ぎゅうぎゅうと収縮する彼女のナカに、思わず呟《つぶや》いた。

「女性は大変だな、こんなふうになるんだから」

セックスのあと完全に体力を使い果たして眠る佳織さんを見るたびに、イかされ続けるのも疲れそうだなと思う。かといって、やめてあげられないのだけれど。

「んっ、あぅ、っ、しょーいち、さん」

俺に揺さぶられ、イかされ続けながら彼女が俺を呼ぶ。

「お願、っ、ぎゅってして……っ」

可愛らしいお願いに、言われた通りに背後から強く抱きしめる。佳織さんはひときわ高く喘いでから、だらんと力を抜いた。もうソファに掴まる力もないらしい。

俺は後ろから繋がったまま、彼女の脇の下と膝をそれぞれ抱え、彼女を持ち上げる。

「……？　ぁあっ」

佳織さんがされるがままなのは、混乱しているからかもしれない。単純にこのままベッドに運べば便利だと思ったのだけれど――

「ぁ、あっ、あっ」

歩くたびに彼女が喘ぐ。抱き抱えてはいるものの、彼女の奥を屹立が強く押し上げていた。

「あ……っ」

奥を強くされるのが大好きな佳織さんが、はしたなく淫らな水を零れさせた。かわいそうなくらい感じていて、俺としては興奮する。

ベッドにうつ伏せに寝かせ、抽送を始める。ぬちぬちと浅いところで出し入れすると、彼女の腰が浮く。無意識だろう、奥にくれとねだっているのが可愛くて仕方ない。

「佳織さんは奥、大好きだよな」

「ふ、ぇ？　っ、な、に……？」

意識してなかったようで、それにも興奮を覚える。

「っあ、なんで、おっきく……っ」

「君が可愛すぎるからだ」

そう答えて抽送を激しくする。

ばちゅばちゅと淫らな水音と、腰が当たる音が響く。佳織さんはシーツを握りしめ、枕に顔を埋めてくぐもった声で叫ぶのを堪《こら》えるように喘いだ。

「イくっ、イっちゃうっ、う……っ」

彼女のナカが強くうねり収縮する。それに合わせて俺も欲を吐き出して――吐き出しながら思うし、口にもする。

「愛してる、愛してる佳織」

ぎゅっと抱きしめる。愛してる。

「ずっとひとりだと思ってた。ひとりで生きていくつもりだった。なのに恋をして、奇跡的に君も俺に恋をしてくれた――君は俺に素直になれと言うけれど、すでに結構そうなっていると思う。弱いところもたくさん見せている――けれど、佳織。佳織さん」

綺麗な白い背中にキスを落とす。

「格好つけさせてくれないか。俺はガキだから、好きな女の前では格好つけたいときもあるんだ」

佳織さんの顔を覗き込む。じっと視線が重なった。額にキスをしながら続ける。

「年明けの飛行始め、観に来てくれないか」

「……え？」

不思議そうな彼女を抱きしめ直す。

俺はもう大丈夫だって伝えたい。

君にも、柴原さんにも。

なんとなく、強さとはなんなのか、分かり始めていた。

9

一月五日、飛行始め。除雪された雪が滑走路の横に積まれている松島《まつしま》基地、少し強い冬の風に吹かれながら私は空を見上げる。

冬の雲の下を飛ぶのは、ブルーインパルスのアクロバット用に改造されたT―4練習機。翔一《しょういち》さんの五番機はリードソロ。編隊飛行だけでなくソロの演技をこなす飛行機だ。

ブルーインパルスの訓練は、広報活動の一環として予約制で見学することができる。私はそれの午後の部に招待されたかたちだ。午前中は「用事」があったから……少し長引いて、結構ギリギリになってしまったけれど。

飛行機が近づくとエンジン音が変わる。

轟音の下で飛行機を見上げる。白と青、日の丸の赤。翔一さんの飛行機が六番機とハートを描く。四番機が貫いていく。

「おー！　今日もタイムぴったりだ」

なんとなく聞いたことのある声に振り向くと、以前福岡《ふくおか》の基地のお祭りで会ったおじさんふたり組だった。びっくりして頭を下げると、おじさんたちも気がついて近づいてきてくれる。

「有永三佐《ありながさんさ》の奥さん！」

「今日は元気そうだ。旦那さんのアクロ慣れたのかい」

「まだちょっと怖いですけど……」

いまだに手に汗握っちゃうけど。

「柴原空将補《しばはらくうしょうほ》は残念だったね」

「有永三佐のご親戚だっけ？」

里親なんです、と言っていいか分からず、曖昧《あいまい》に頷《うなず》く。おじさんたちはウンウンと頷いてから、柴原さんの思い出話に花を咲かせる。

「迫力がある人だったよな。ファントム乗りの」

「よく変わってるって言われていたなあ」

「優秀なパイロットっていうのは、何本かネジ飛んでるんだよ」

「おれ、彼の現役の頃のフライト見たことあるよ。すごかったなあ」

「ああ、なんか……飛び方の癖が、有永三佐に似ていたよなあ」

「逆だろう。三佐が空将補に似たんだ」

なんとなく三人揃って空を見上げる。遠くで旋回した翔一さんの飛行機が、基地上空で白いスモークを吐《は》き出しながら高く上昇していく。

フライトが終わったブルーインパルスの面々は、本来なら航空祭なんかと同じように整列しウォークバックという行進を見せる。けれど今日はなぜかパイロットも整備士さんたちも、格納庫の前で五番機の周りに集まっていた。

「……？」

首を傾《かし》げた私の横で、おじさんたちも不思議そうにしている。

「どうしたんだ？　トラブルってわけじゃなさそうだけど」

「あ、バケツ」

「あー、そういう」

「粋《いき》だね」

納得しているふたりに視線を向けると、おじさんたちは「ラストフライトなんじゃないか」と優しく笑う。

「ラストフライト？」

「民間機でもやってるよ。最後に飛行機に乗ったあと、地上で水かけられるんだ」

翔一さんのブルーインパルスラストフライトはまだ先、夏頃のはずで……

「でも……」

と、胸元をつい握る。

棚の上に柴原さんのドッグタグ、あったかかな？

降りてきた翔一さんは、訓練時の深緑の飛行服じゃなかった。展示飛行用の、深い青の飛行服。

そうして何かを首元から取り出して胸にかけた。彼めがけて、みんながバケツの水を勢いよくかける。

「柴原さんの……ラストフライト」

そう呟《つぶや》いた私の横に、いつの間にか整備士の諏訪《すわ》さんがいてバケツを握らせる。

「重い？」

「え、えっと大丈夫ですけどっ」

諏訪さんがニヤリと笑う。

「かけてやって！」

彼に背を押され、ふらふらと翔一さんの方に向かう。彼の目の前で立ち止まった。

翔一さんは少し黙って、それから「ただいま」と口にした。

彼のブルーの飛行服の胸元にあるドッグタグに目をやる。「Masakazu Shibahara」と彫られた名前が冬の陽射しに煌《きら》めく。

柴原さん、彼、……もう大丈夫みたいです。色々と。

初めて聞いた、彼の「ただいま」。私は頷いてから言う。多分、一番ふさわしい言葉を。

「おかえりなさい」

翔一さんが目を細め、頷いた。

「いきますよ」

「どんと来い」

そう言われて思い切ってざばっとお水をかけたあと、ぴゅうと吹く風に眉を下げた。

「寒くないんですか」

「まあ、少しは」

「柴原さんのラストフライトだったんですね」

「ああ。本来なら退官のときにやるんだが」

それから翔一さんは頭からぼたぼたと水を垂らしたまま言う。

「少しは親孝行できただろうか」

私は息を呑む。「親孝行」——柴原さんが聞いていたら、どんな顔をしただろう？

「あなたは、世界一の孝行息子ですよ」

そう言うと、ぱっと彼は私を縦に抱き上げてぎゅうっと抱きしめる。彼の頭を胸元で抱きしめて、ふと気がついて顔を覗《のぞ》き込む。水だけじゃないものが頬にある気がして、瞳から零《こぼ》れている気がして、でも私はなんにも気がつかなかったフリをしてまた彼を抱きしめた。

翔一さんは格好つけたがりだから。

それならもう、好きなだけ格好つけさせてあげよう。一生でも、永遠でも。

だからこっそり甘やかしてあげる。甘い卵焼きを何食わぬ顔で毎日作るの。

「あなたはきっと、一等星《いっとうせい》でした」

暗い空で、一番輝く星だった。柴原さんにとって、翔一さんのお母さんにとって、あなたはきっと、そんな存在だった。

ぱっと翔一さんが顔を上げる。目を瞠《みは》り、瞳も揺らいでいたけれど、もうそこに涙はない。私は眉を下げて頭を撫《な》でた。

「私にとっても、そうですよ」

熱く冷たく燃え続ける一等星。

翔一さんは何も言わずに目線を逸《そ》らす。目元が微《かす》かに赤い。ふふっと笑ってから、私はついでのように口にした。

「そういえば、もう頑張ってロマンチックやってくれなくて大丈夫です」

「……どうして？　やはり俺には向いてなかったか？」

「そうじゃなくて。なんか、翔一さんといるとなんでもロマンチックに感じちゃうから……あと」

そっと彼の耳元に口を寄せる。

「それよりも、いいパパになってほしいかなって」

翔一さんの目がまん丸になる。それから濡《ぬ》れた自分の身体を見下ろして、慌てて……でもこれ以上ないと言えるほど丁寧に私を地面に下ろした。

「冷えたらダメだろう……！　バケツも！　重いものなんか持って」

「これくらい大丈夫ですよ」

「ダメだ。諏訪さん！　悪いんですが俺のジャンパー取ってきてもらえますか！」

大騒ぎする翔一さんになんだなんだと人が集まってくる。

「大袈裟《おおげさ》……」

誰に似たんだろう、と見上げる彼の肩の後ろに、雲間から陽が差し込む。

「あ、天使の梯子《はしご》」

呟いた私の声が聞こえているのかいないのか、翔一さんはおっきなジャンパーで私をすっぽり包んで、満足そうに目を細めていた。

陽子《ようこ》さんから「ようやく納骨できたのよ」と連絡が来たのは、桜の花が満開になった、四月の初めのことだった。

元々仙台《せんだい》が地元だった柴原さんのお墓は、仙台の中心部からほんの少しだけ東の、大きな禅宗のお寺にある。なぜかロバがいるそのお寺の満開の桜の下を翔一さんと並んで歩く。自分の花の重みで折れそうなほどに咲き誇《ほこ》るソメイヨシノが、春の陽を受けほのかに淡く煌めいた。

真新しい御影石に菊の花と、松島の日本酒をお供えした。翔一さんが日本酒を好んで呑むのは、柴原さんの影響なのだとようやく気がつく。

「おかげさまでお腹の赤ちゃんも順調です。今度、陽子さんとお洋服見に行くんですよ」

柴原さんにも直接赤ちゃん見せたかったたな、と思いながら手を合わせた。空で見守っていてくれるとは思うけれど。

それからそっと心の中で言葉を足した。私、なんとかまだ彼を地上《ここ》に縛りつけてるみたいです。放す気はないので安心してください。

翔一さんはしばらくお墓を見下ろしていたけれど、意を決したように私の横に座り、灰色の石に手のひらで触れた。

「柴原さん。俺はあなたみたいになれるだろうか」

私は視線を彼に向ける。翔一さんは真っ直ぐな瞳のまま続けた。

「佳織《かおり》さんは優しい人です。素敵《すてき》な女性です。きっといい母親になる――」

ふう、と翔一さんは息を吐いた。春の風がふわりと吹いて、桜の花びらを運んでくる。

「大して親しくもなかった俺のために、絵本を抱えて走ってくれました。濡れないように大切に。それから、よだかのために鷹を殴りに行く人です」

「まだ言いますか、それ」

「君に惚《ほ》れた大事なポイントだからな」

真剣に言う彼に、つい笑ってしまう。柴原さんも「な、こいつどうしようもないだろ」と笑ってると思う。

「けど」

翔一さんの声が少し固くなる。

「けれど、俺は――あなたに会うまで、父親というものを知りませんでした。そんな俺が、あなたみたいな父親になれるでしょうか」

私は翔一さんのほっぺたをむにぃっと摘《つま》む。目線だけこっちに向けて「？」という顔をしている翔一さんに私は眉を下げて笑ってしまう。

「気がついてません？　翔一さん、ときどき柴原さんそっくりなのに」

「まさか。そもそも他人だし、家族として暮らしたのは何ヶ月かだけだ」

「うーん、あんまり時間とか……そんなに関係ないんじゃないですか」

私は彼を見上げて頬を緩める。

「あんなに素敵なお父様とそっくりなんだから。絶対翔一さん、いいパパになります」

私は立ち上がって背伸びをする。

翔一さんが「背伸びなんかしていいのか」「お腹は張らないのか」とやっぱり大袈裟に心配してくるから、私は「ほらね」って言葉を呑み込んで笑う。

桜の隙間から春の陽が落ちてくる。

見上げていると、花びらみたいにキスが落ちてきた。

そよそよと春の風がそよぐ。暖かで、心地よくて――

すぐそばで、春風みたいな彼が微笑《ほほえ》んだ。

エピローグ（翔一視点）

空をT―4練習機が飛んでいく。アクロ用に改造された特別な機体だ。

俺はそれを地上から見上げている――小さな手と、しっかり手を繋いで。

「うわあっ、今のなに！」

垂直に上昇しながら4．25回横転する機体を見て、先月五歳になった息子、正人《しょうと》が言う。

「あれはバーティカルクライムロール」

答えると次々と質問が飛んでくる。次は？　次はなにするの、どうしてあんなふうに飛べるの？

丁寧にひとつずつ質問に答えていると、近くにいた子供連れの夫婦が「詳しいですね」と振り向く。ベリーショートの女性と、髪が一部ピンク色に染められた男性の夫婦。一歳手前くらいの赤ん坊を連れていた。母親の方が目を丸くする。

「あっ、有永《ありなが》二佐《にさ》……！」

その女性に見覚えがなく首を傾《かし》げる。と、先月に三歳の誕生日を迎えたばかりの娘の陽葵《ひまり》をトイレに連れ、ちょうど戻ってきた佳織《かおり》が「ユキナちゃん！」と笑みを浮かべた。

「久しぶり～！」

「お久しぶりです！　この間は出産祝いありがとうございました」

「ううん全然！　わあ、大きくなったねえ」

佳織のママ友か、と目礼して空に視線を戻す。陽葵が抱っこをせがむので抱き上げると、正人が自分もとよじ登ってくる。誰に似たのか、ふたりともかなりやんちゃだ。

騒ぐふたりを同時に抱っこしてブルーのアクロを眺《なが》めていると、いつの間にか佳織が横に戻っていた。

「パパったら、覚えてないの、あの人」

「……悪い、もしかして古い友達か。結婚式にいたか？」

「違う違う。ブルーの大ファンで、パパのこといつも応援してくれてたんだよ」

「そう、……だったか？　それは申し訳ないな……」

なにやらよく雑談していた男性ふたり組なんかはよく覚えているのだけれど。というか、さっきも会った。

「おれ、あれ乗りたいな」

正人がぽつりと呟《つぶや》くと、陽葵が負けじとばかりに「ひまものる」と唇を尖《とが》らせた。佳織がふたりを見ていたずらっぽく笑った。

「パパ、あれ乗ってたのよ」

「えーっ！」

「うそだあ！」

目に入れても痛くない子供たちふたりに全否定されて苦笑する。

「本当だぞ」

「うそだー、パパ乗ってるの灰色でかっこよくない」

「待て、あれはあれでかっこよくないか……？」

「じみ」

容赦ない子供たちと会話をしつつ、空を見上げる。五番機と六番機がハートを描く……バーティカルキューピッドだ。

子供たちが歓声を上げる。

子供たちを見るたびに、佳織の声を聞くたびに、愛おしさで胸が詰まる。守りたいと思う。そばにいたいと——

それはきっと、しがらみだ。俺を地上に縛りつける。自由を奪ってしまうのに、大切で仕方ない。

必ず帰ってくると、そう思わせてくれるしがらみ。それはもしかしたら絆《きずな》と言えるものなのかもしれない。

絶対に手放したくない。

あるいは、強さ。

そっと佳織が俺の腕に触れる。

「翔一《しょういち》さん」

昼間は滅多に呼ばれることがなくなった名前を呼ばれて彼女を見下ろす。夜は毎日、スクランブルの当番日以外は呼ばせているけれど……と、佳織は柔らかに眉を下げた。

「この子たちの弟か妹、お腹にいます」

俺は目を丸くして、それから「腕が足りない」と呟いた。

「君を抱きしめてくるくる回りたいのに」

ふふっと佳織が笑い、俺は唇の優しい曲線にキスを落とす。子供たちが「チューしてる!」と騒ぐ。

またしがらみが増える。

毎日毎日、増えていく。

なのに俺はそれが幸福で仕方ない。

目の奥が熱くなって、泣きそうになる。俺は慌てて空を見上げた。

……最愛の奥さんには、こんな俺に気がつかれているような気がしないでもないけれど。

四番機がハートを貫いていく。

生まれてよかったと、そう思った。

SS（翔一視点）

陽子《ようこ》さんと佳織《かおり》のご両親が俺が今勤務している宮崎《みやざき》県の新田原《にゅうたばる》までやってきたのは、陽葵《ひまり》の誕生日の一週間ほど前だった。

「本当にいいんですか。やんちゃですよ」

「いいのよ可愛くてたまらないし」

「いいんだよ、定年して暇だし」

「たまには、ふたりきりでのんびりしてきて」

滅多に会えない孫にデレデレになっている陽子さんと、お義父《とう》さんお義母《かあ》さんの言葉にすっかり甘え、佳織と一泊二日で県内の温泉旅行に出かけたのは一月も半ばのこと。九州でも温暖な宮崎とはいえ、訪れた温泉地は標高も高くかなり底冷えしていた。

「さ、寒い。ていうか雪……」

佳織が旅館の部屋の窓から空を見上げて笑う。

「宮崎なのに！」

「スキー場もあるぞ、宮崎」

「ええっ」

どこに行っても寒い、と東北育ちで雪に慣れている佳織が口を尖《とが》らせた。可愛い。

「どこなら降らないですか」

「那覇《なは》にいけば、さすがに。ただ次は小松《こまつ》に行く気がしている」

小松基地にある飛行教導群、通称アグレッサー部隊。内々に打診があったのは数日前のこと。

「小松ですか……石川県《いしかわ》！　雪！」

「仙台《せんだい》より降るんじゃないか」

「もー」

眉を下げて笑う彼女を抱きしめる。それでも着いてきてくれると分かっているから。

……子供たちがもう少し大きくなれば、単身赴任も選択肢に入ってくるのだろうけれど。

そっとこめかみにキスをして、耳元で囁《ささや》く。

「風呂、入ろうか」

子供をふたりも産んでいるのに、佳織は頬どころか首まで赤くしてこくんと頷《うなず》いた。

窓の外には、竹垣で囲まれた露天風呂。

「結婚したばかりのときも来たよな。鳴子《なるこ》温泉だったか」

「ん……」

「えろかったよな、佳織。今もえろいけど」

「な、なにそれぇ……」

石造りの露天風呂の中、あぐらをかいた俺の膝に座り乳房を弄《いじ》られている佳織は半泣きで口を両手で押さえていた。

「見えないのがえろいよな」

「えろいえろい言いすぎ……っ、ふ」

乳房の先端を弾《はじ》くと、彼女はぴくりと肩を揺らし淫《みだ》らに腰を動かした。その腰に硬くなった屹立を押しつける。

「あ……」

「えろい君のせいでこうなった」

「う、しょ、翔一《しょういち》さんが元気なの……っ」

振り向いた彼女の唇にキスを落とす。触れるだけだったそれが、だんだんと深くなり――お互いに知り尽くした口内を貪《むさぼ》り合う。舌を絡め、根元をつつく。佳織はこれに弱いから、ものすごく簡単に身体から力が抜けた。

「ほら、えろい」

下唇を噛《か》みながら言うと、佳織が眉を寄せて呟《つぶや》く。

「えろいのは、翔一さんでしょ……」

「お互いだろ」

湯の中でもぬるついているのが分かる彼女の入り口に指で触れた。小さく喘《あえ》ぐ彼女の声に興奮しながら、そこに指を埋めた。

温泉より熱く感じるそこで、指を動かす。入り口近くで肉襞に指を押しつけ、肉芽を親指で弾く。

「ん――……ッ！」

佳織が俺の二の腕を掴《つか》み、呼吸を浅くして必死に快楽に耐えている。たまらなくなり、形の良い耳殻を甘噛みしながら指で弄り続けた。

「は、はぁっ、あっ」

声を必死で我慢する佳織が可愛くて仕方ない。くっと笑って、指をさらに奥に進める。

びくり、と佳織が身体を揺らした。ぎゅうっと締めつけてくる、蕩《とろ》けた肉の熱さに彼女がイったのだと分かる。

ざば、と立ち上がり、佳織の手を石につかせ、後ろから屹立を挿《い》れ込む。きゅうっと吸いついてくる肉襞のぬるついた感覚に、その場で出してしまいそうなほど感じて――

緩く数回突いただけで、佳織が俺を食いしばるようにしてイく。弱すぎて本当に可愛い。

荒く呼吸をしながら彼女は振り向き、俺に甘える声で言う。

「しょー、いちさ、部屋……入ろ？」

「どうして」

ゆるゆると腰を動かしつつ聞くと、佳織は真っ赤な頬で軽く喘ぎながら言う。

「声、出したい……普段、我慢してるからっ」

あまりにいじらしくて、ぐっと奥を思いっきり突いてしまう。

「ふ――……っ」

必死で声を我慢する佳織も淫らで可愛いけれど。

確かにここ数年は、お互い「思いっきり」はセックスしていない気がする。

ひとつ屋根の下に可愛い子供たちがいるのだから仕方ない。

仕方ないとはいえ、――ふむ。

俺は彼女から自身を抜いて、横抱きに抱き上げた。

「つまりそれは、思いっきり抱き潰していいってことだよな？」

「ん、んんっ、ええっと、そこまでは……」

言ってない気がするんですけど、と呟く彼女の言葉は聞かなかったふりをして、寝室に運び込む。

「あっ」

驚いた彼女の声に、知らず唇が上がる。

ベッドに散らされた薔薇の花びら。

「久しぶりに『ロマンチックなこと』をしようかと」

旅行のサイトにあった「新婚さん特別プラン」をこっそり予約しておいたのだった。新婚の定義はともかく、気分的にはいつも新婚なのだから問題ないだろう。

「うう、不意打ち……」

佳織は顔を真っ赤にして俺を見上げて、思い切ったように頬にキスをしてくれた。

それを契機に、佳織をベッドに横たえる。

ゆっくりとシーツに沈む頭にキスをして、太ももを押し上げる。ぐっと屹立を挿れ込むと、また挿れただけなのに彼女はイく。

「は、ぁあ……んっ」

いやらしい、淫らな、最高に可愛い彼女の喘ぎ声。こんなに大きな声を聞いたのは本当に久しぶりで、思わず唾を飲み込む。

「ぁ、やだっ、なんでおっきく……っ」

「興奮するに決まってるだろ。好きな女の喘ぎ声だぞ」

「や、はっきり言わないでぇ……っ、ぁんっ」

ずちゅずちゅと水音を引き連れ抽送を始める。肉襞が吸い付きながら収縮し、絡みついて離れない。最高に気持ちがいい。

「は、はぁっ、あっ」

もっと耳元で声が聞きたい。

俺は彼女を抱き起こし、あぐらをかいて膝に乗せる。向き合って彼女の腰を揺さぶると、一番奥をぐちょぐちょにかき混ぜられたからか、奥に弱い佳織は蕩《とろ》けた顔で俺の名前を呼びながら温い水を溢れさせた。

「ぁ、あう、うっ」

快楽に眉を寄せ、トロトロに蕩けた瞳で俺を見つめ、もっともっととねだって腰をくねらせる彼女は、今は俺の腕の中でひとりの女だった。母親でも妻でもない。

そして俺も同様に男だ。

ただ愛おしい女を貪ることで頭がいっぱいの、あさましいけだもの。

俺は彼女をベッドにうつ伏せに寝かせ、腰だけを掴んで思うがままに腰を振る。

「あ、あっ、あああっ、ぁあぅ、っ」

粘膜が直接触れ合う音がする。腰がぶつかる音も——あまりの気持ちよさにイってしまいそうになりつつ、彼女が気づいていなかった「それ」に手を伸ばした。

ヘッドボードに置いてもらっておいた、アクセサリーケース。

俺の下で喘ぐ彼女は、快楽で頭がいっぱいでまだ気がついていない。シーツを握りしめる指先は、力が入りすぎて白い。

屹立を最奥にぐぐっ……と押しつけると、もはや言葉になっていない声を上げ佳織が身体を震わせる。ぎゅうっと締めつけられ、ちょうだいちょうだいと肉襞がうねってねだってくるよう。観念して奥に吐精すると、佳織は満足げに息を漏《も》らす。ヒクつく肉襞が白濁《はくだく》を飲み込んでいるように感じて、この上なくえろい。

力を抜いた彼女の白い首に、そっとネックレスをつける。

「……？」

とろん、としたままの彼女が視線を緩く動かした。それから微《かす》かに身体をずらし、手でネックレスに触れると驚いたように目線を俺に向ける。

「……あの、これって？」

「早いけれど、バレンタイン」

「……！」

佳織が身体を起こそうとするから、仰向けにして腕の中に閉じ込める。

「あ、私、また何も準備してな……」

「あのときも言ったけれど、君は存在自体が尊いからいいんだ」

「えっ。そ、そこまでは言われてないですよ……？」

「そうだったか？」

俺は彼女の頭を撫《な》でる。

幸せそうに目を細めて、俺の胸に擦り寄る彼女はどこか猫に似ていた。

……そういえば俺は猫派だったのだっけ。

結婚当初を思い出して肩を揺らす俺に、不思議そうに佳織が視線を向ける。

「愛してる」

そう囁《ささや》くと、彼女が笑う。

「私も」

幸せそうに、そう言ってくれるから――

「……っ、待って翔一さん、元気になるの早い……」

「抱き潰していい、と言ったの君だろ」

「言ってない、言ってないですっ、ぁんっ……！」

ぬちぬちと肉襞を擦り上げ再び抽送を始めた俺に、佳織が甘えながら唇を尖《とが》らせる。
窓の外は、ちらちらと雪が降っていて。
腕の中では最愛の人が蕩けていて。
あまりに温かくて、俺はどうしようもなく幸せを噛み締めた。

【主な参考文献】

『航空ショー完全データブック 自衛隊イベント全44ヵ所の周波数&コールサイン使用実績一覧』三才ブックス
『航空無線のすべて2020』三才ブックス
『Jウイング 2022年8月号』イカロス出版
『ブルーインパルスの科学 知られざる編隊曲技飛行の秘密』赤塚 聡：著 SBクリエイティブ
『ブルーインパルス パーフェクト・ガイドブック』イカロス出版
『MAMOR 2021年6月号』扶桑社
『元F―15パイロットが教える 戦闘機「超」集中講義』船場 太：著 パンダ・パブリッシング

あとがき

初めてブルーインパルスの展示飛行をちゃんと見たのは、２０１３年の東北六魂祭だったかなと思います。福島市役所前の広場で、白いスモークを出して自由自在に飛ぶ姿をビール片手にぽかんと見上げておりました。思い返せば、おそらく松島基地に戻られて初めての展示飛行だったのではないでしょうか。

まさか十年後に、こうしてブルーインパルスのパイロットがヒーローの物語を書かせてもらえるとは思っておりませんでした……！

このたびはこの本を手に取ってくださり、ありがとうございます。一応シリーズものでして、陸海空と順番に書いて参りました。陸海空共通だったり、海空共通だったり陸空共通だったり、なあれこれ、それぞれのヒーローとヒロインの動きとか感じ方がうまく伝えられていたらいいなと思います。

素敵なイラストを描いてくださった田中琳先生、今回もたくさんのアドバイスをくださったり資料を探してくださった編集様及び編集部の皆様、また今作に関わってくださった全ての方に心から感謝を申し上げます。なにより読んでくださっている読者様には何回お礼を言っても言い足りません。本当にありがとうございました。

ルネッタⓁブックス

〈極上自衛官シリーズ〉 **航空自衛官と交際0日婚したら、過保護に溺愛されてます⁉**

2023年2月25日　第1刷発行 定価はカバーに表示してあります

著　者　**にしのムラサキ**　©MURASAKI NISHINO 2023
発行人　鈴木幸辰
発行所　株式会社ハーパーコリンズ・ジャパン
東京都千代田区大手町 1-5-1
03-6269-2883（営業部）
0570-008091 （読者サービス係）

印刷・製本　中央精版印刷株式会社

Printed in Japan ©K.K.HarperCollins Japan 2023
ISBN978-4-596-76747-9

乱丁・落丁の本が万一ございましたら、購入された書店名を明記のうえ、小社読者サービス係宛にお送りください。送料小社負担にてお取り替えいたします。但し、古書店で購入したものについてはお取り替えできません。なお、文書、デザイン等も含めた本書の一部あるいは全部を無断で複写複製することは禁じられています。

※この作品はフィクションであり、実在の人物・団体・事件等とは関係ありません。

Lunetta